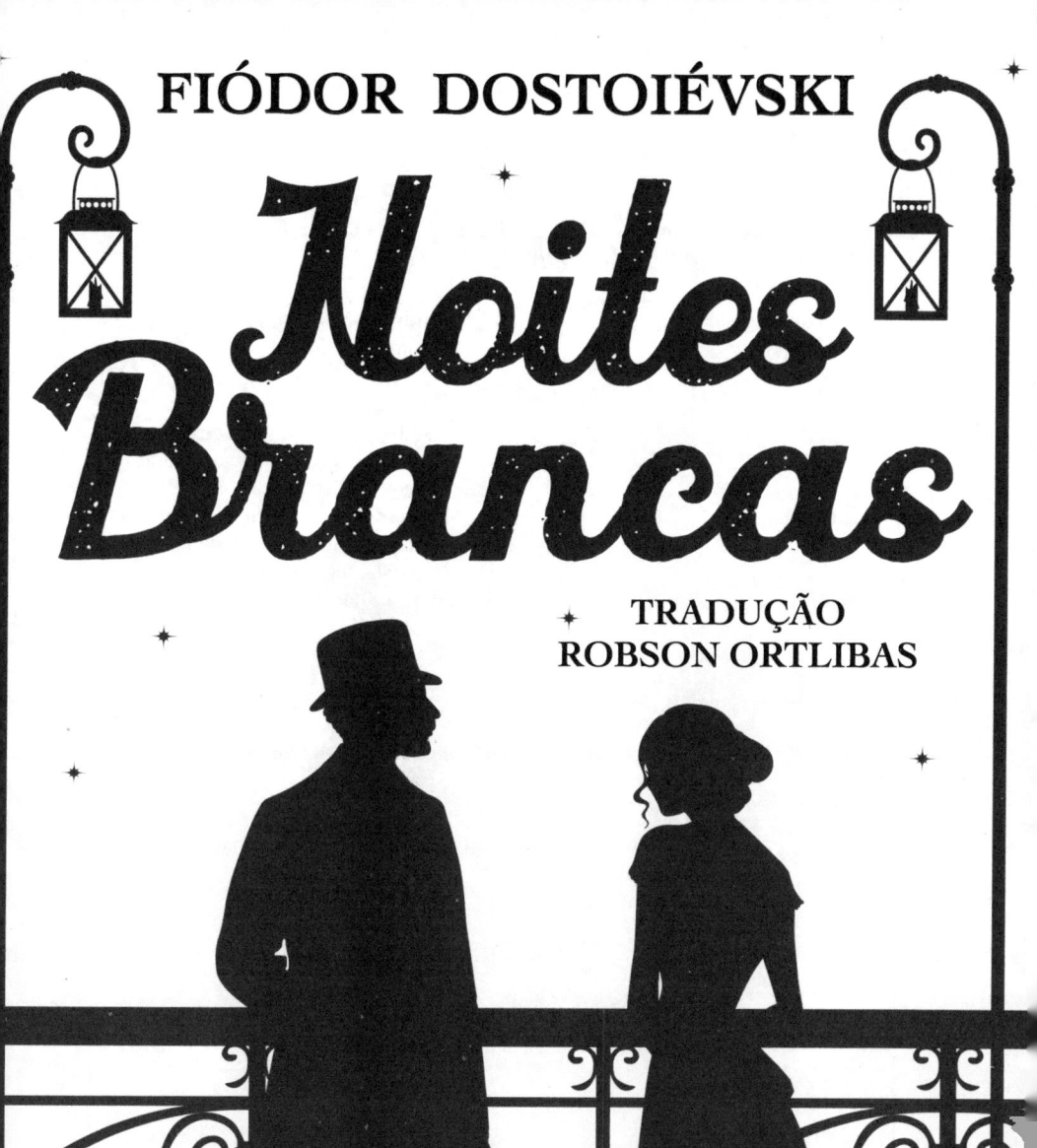

FIÓDOR DOSTOIÉVSKI

Noites Brancas

TRADUÇÃO
ROBSON ORTLIBAS

Esta é uma publicação Principis, selo exclusivo da Ciranda Cultural
© 2019 Ciranda Cultural Editora e Distribuidora Ltda.

Traduzido do original em russo
Белые ночи

Texto
Fiódor Dostoiévski

Tradução
Robson Ortlibas

Preparação
Thais Henriques Souza Silva

Diagramação e revisão
Casa de ideias

Produção e projeto gráfico
Ciranda Cultural

Imagens
Kamieshkova/Shutterstock.com;
Gleb Guralnyk/Shutterstock.com;
AKaiser/Shutterstock.com;
Potapov Alexander/Shutterstock.com;
Vladimir Zadvinskii/Shutterstock.com;
Fona/Shutterstock.com;
alex74/Shutterstock.com;

Dados Internacionais de Catalogação na Publicação (CIP) de acordo com ISBD

D724n	Dostoiévski, Fiodor
	Noites brancas / Fiodor Dostoiévski ; traduzido por Robson Ortlibas. - Jandira, SP : Principis, 2019.
	80 p. ; 16cm x 23cm.
	Tradução de Белые ночи
	Inclui índice.
	ISBN: 978-65-509-7028-4
	1. Literatura russa. 2. Fiodor Dostoiévski. I. Robson Ortlibas. II. Título.
	CDD 891.7
2019-2187	CDU 821.161.1

Elaborado por Vagner Rodolfo da Silva - CRB-8/9410

Índice para catálogo sistemático:
1. Literatura russa 891.7
2. Literatura russa 821.161.1

1ª edição em 2019
www.cirandacultural.com.br
Todos os direitos reservados.
Nenhuma parte desta publicação pode ser reproduzida, arquivada em sistema de busca ou transmitida por qualquer meio, seja ele eletrônico, fotócópia, gravação ou outros, sem prévia autorização do detentor dos direitos, e não pode circular encadernada ou encapada de maneira distinta daquela em que foi publicada, ou sem que as mesmas condições sejam impostas aos compradores subsequentes.

... Ou ele foi criado para ficar,
Nem que fosse por um momento,
Na vizinhança do seu coração?
Ivan Turguêniev

Sumário

NOTA 9

PRIMEIRA NOITE 10

SEGUNDA NOITE 24

A HISTÓRIA DE NÁSTIENKA 43

TERCEIRA NOITE 56

QUARTA NOITE 65

MANHÃ 77

Nota

O romance sentimental Noites brancas *é uma das obras mais líricas de Dostoiévski.*

A prosa de Fiódor Mikhailovitch é extraordinariamente poética, musical e, hoje, mais uma vez, conduz o leitor ao encontro entre Nástienka e o Sonhador às margens do canal Fontanka...

Primeira Noite

    Estava uma noite maravilhosa, dessas que só pode haver quando somos jovens, caro leitor. O céu estava tão estrelado, tão claro que, ao fitá-lo, naturalmente se fazia necessário perguntar: será possível sob um céu desses viver tanta gente amargurada e cheia de caprichos? Essa é uma pergunta juvenil, caro leitor, muito juvenil, mas Deus a envia frequentemente! Falando sobre os diversos senhores amargurados e caprichosos, eu não poderia deixar de lembrar da minha boa conduta durante esse dia. Logo pela manhã, uma estranha angústia começava a me atormentar. De maneira repentina, parecia-me que todos iriam me abandonar e me virar as costas. Claro, qualquer um está no direito de perguntar quem são esses todos. Pois moro em São Petersburgo já há oito anos e não fui capaz de fazer quase nenhuma amizade. Mas para que amizades? Mesmo com essa falta, toda Petersburgo é minha conhecida. Por essa razão, eu tinha a impressão de que me abandonavam: pelo fato de toda a cidade estar se aprontando para rapidamente partir à *datcha*[1]. Comecei a temer a solidão e, por três

---

1   Casa de veraneio russa. (N.T.)

dias inteiros, vaguei pela cidade em profunda angústia, definitivamente sem saber o que fazer de mim. Fosse eu à Nievski, ao jardim, ou andasse pela margem do canal, não havia sequer uma única pessoa daquelas que era costume encontrar no mesmo lugar e na mesma hora durante o ano. Claro, elas não me conheciam, mas eu as conhecia. Eu as conhecia intimamente, praticamente estudei suas fisionomias, me deleitava ao vê-las alegres e me punha melancólico por estarem entristecidas. Eu quase fiz amizade com um velhinho que encontrava todos os dias, sempre na mesma hora, no Fontanka[2]. Uma fisionomia tão pomposa, pensativa, sempre falando baixinho, acenando com a mão esquerda e na direita levava uma longa bengala de madeira retorcida com um castão dourado. Ele até mesmo me notava e demonstrava um verdadeiro interesse por mim. Se acontecesse de eu não estar na mesma hora, naquele mesmo lugar no Fontanka, tenho a convicção de que ele ficaria melancólico. É por isso que, às vezes, ficávamos muito perto de nos cumprimentar, sobretudo quando ambos estávamos de bom humor. Recentemente, quando havia dois dias que não nos víamos e no terceiro nos encontramos, já estávamos determinados a nos cumprimentar, levando as mãos aos chapéus, mas abandonamos a ideia, refletimos a tempo de baixar as mãos e cordialmente passamos um pelo outro. As casas também são minhas conhecidas. Conforme eu caminho, é como se cada uma corresse à minha frente na rua, com todas as suas janelas a me observar, quase dizendo: "Olá, como está a sua saúde? Graças a Deus, estou saudável e, em maio, ganharei mais um andar", ou: "Como está a sua saúde? Amanhã estarei em reforma", ou: "Quase fui destruída pelo fogo e fiquei tão assustada", etc.

---

2 Canal, afluente do rio Neva, que corta o centro da cidade de São Petersburgo. (N.T.)

Dentre elas, tenho minhas preferidas, as amigas mais chegadas. Uma delas tem a intenção de tratar-se com um arquiteto no verão. Tenho a intenção de vir visitá-la todos os dias para que não a tratem de maneira qualquer, que Deus a proteja! Mas nunca me esquecerei da história com uma bela casinha cor-de-rosa claro. Era uma casinha de pedras tão graciosa, para mim olhava de modo tão afável e para as suas desajeitadas vizinhas de maneira tão altiva, que o meu coração se alegrava quando acontecia de eu transitar por ali. Na semana passada, quando andava pela rua, olhei para a minha amiga e ouvi um grito lamentoso: "Estão me pintando com tinha amarela!". Canalhas! Bárbaros! Não pouparam nada: nem as colunas, nem os beirais e minha amiga ficou amarela feito um canário. Por pouco não transbordei de cólera diante dessa situação e, até agora, não tive forças para ir visitar a minha pobrezinha desfigurada, que pintaram da cor do Império Celestial[3].

Entende então, leitor, como estou familiarizado com toda a Petersburgo?

Eu já disse que fiquei tomado de inquietação por três dias inteiros, enquanto tentava adivinhar o seu motivo? Na rua eu não me sentia bem (aquele não está, este também não, para onde foi aquele outro?) e até mesmo em casa eu me sentia alheio. Por duas noites refleti: o que me falta no meu recanto? O que fazia ser tão desconfortável permanecer nele? E com perplexidade examinava as suas paredes verdes e cobertas por fuligem, o teto forrado por teias de aranha, que Matriona cultivava com grande sucesso. Reexaminei toda a minha mobília, examinei cada cadeira, indagando se não estava ali o problema

---

3 Nome dado ao Império Chinês; na bandeira da Dinastia Qing, havia um dragão representado sobre um fundo amarelo. (N.T.)

(porque se houvesse uma cadeira fora de lugar, eu ficaria fora de mim). Olhei pela janela, mas em vão... nada parecia ajudar! Eu até chamei Matriona e, ali mesmo a repreendi por conta das teias e pelo desleixo em geral, mas ela apenas olhou para mim surpresa e foi-se embora sem responder uma única palavra, de modo que as teias permanecem intactas. Somente hoje, pela manhã, finalmente descobri do que se tratava. Ah! Pois estão batendo em retirada para a *datcha*! Desculpem-me a forma simplória de expressar, mas eu não estava à altura de algo melhor... afinal, todos os habitantes de Petersburgo ou já haviam partido para o campo ou estavam prestes a partir. Qualquer homem de boa e respeitável aparência, tendo à disposição um cocheiro, configurava a meu ver um respeitável pai de família que, após os seus habituais deveres profissionais, seguia de mãos abanando para o seio de sua família no campo. Agora cada transeunte já ganhara uma aparência completamente diferente prestes a dizer a cada um que encontrasse: "Senhores, estamos aqui apenas de passagem, dentro de duas horas iremos à *datcha*". De vez em quando, abria-se uma janela onde tamborilavam uns dedinhos finos e brancos como açúcar e em seguida surgia a cabecinha de uma bela moça chamando pelo vendedor de vasos de flores. Ali, naquele momento, entendi o porquê de se comprar essas flores, isso é, certamente não era apenas para desfrutá-las durante a primavera em um quarto abafado da cidade, mas porque logo todos estariam partindo às *datchas* e as levariam consigo. Além disso, já fiz tantos progressos com o meu novo e especial tipo de descobertas, que eu poderia, de primeira, indicar precisamente quem vivia em cada uma das *datchas*. Os habitantes das ilhas Kamenny e Aptekarsky ou da estrada de Peterhof, se diferenciavam pela elegância estudada de seus modos, seus exuberantes trajes de verão e suas maravilhosas carruagens, nas quais chegavam à cidade. Os moradores de Pargolovo e seus arredores, à primeira vista, "inspiravam" sensatez e seriedade. O visitante da ilha Krestovsky distinguia-se pela aparência calma e alegre. Às vezes, dava sorte de encontrar uma longa procissão de carroceiros, que seguiam, indolentes, de rédeas nas mãos ao lado das carroças carregadas com verdadeiras montanhas de todo tipo de móveis, mesas, cadeiras, sofás turcos e não turcos, entre outros aparatos domésticos, por cima dos quais por vezes instalava-se bem no topo da carroça uma mirrada cozinheira, protegendo os bens do patrão, como se fossem a menina dos olhos. Eu observava os barcos lotados de aparatos domésticos deslizando pelo Neva ou pelo Fontanka até o rio Tchiôrnaya ou até as ilhas. As carroças e barcos surgiam às dezenas, às centenas perante meus olhos. Parecia que tudo se aprontava e partia, tudo se movia em caravanas inteiras para o campo. Parecia que toda a Petersburgo estava ameaçada de se tornar um deserto, de tal modo que me senti constrangido, ofendido e triste. Definitivamente, para mim não havia nem motivos nem *datcha* para onde ir. Eu estava pronto para ir com qualquer uma das carroças, partir com qualquer um de aparência respeitável e com seu cocheiro; mas nem um, absolutamente ninguém me convidou, como se esquecessem-se de mim, como se para eles eu fosse um completo estranho!

Andei bastante e por muito tempo, tanto que até consegui, como de costume, esquecer-me de onde estava. Foi quando me deparei com o posto fronteiriço. No mesmo instante, alegrei-me e passei pela barreira, fui por entre as plantações e os prados, não estava cansado, mas apenas sentia com todo o corpo que um fardo me deixava a alma. Todos os transeuntes olhavam-me de modo tão amigável que estavam praticamente a me saudar. Todos estavam tão alegres com algo e todos, sem exceção, fumavam charutos. Eu estava tão alegre, como nunca estive. De modo inesperado, me vi como se estivesse exatamente na Itália, tão forte foi a maneira com que a natureza impressionou este pobre cidadão, quase sufocado pelas paredes da cidade.

Há algo inexplicavelmente tocante na natureza de Petersburgo quando, com a chegada da primavera, ela manifesta em um impulso toda a sua força, todos os seus poderes concedidos pelo céu, rompe em cores e reveste-se de flores. Sem que eu possa perceber, ela me faz lembrar daquela moça franzina e enferma, para a qual você olha às vezes com pena, às vezes com algum amor compassivo, às vezes simplesmente não a nota, mas que, em um instante, de maneira inesperada e inexplicável, se torna maravilhosamente bela e você, impressionado e fascinado, involuntariamente pergunta a si mesmo que força põe esses olhos tristes e pensativos a brilharem com tal fogo? O que faz agitar o sangue nessas bochechas pálidas e mirradas? O que faz exalar a paixão nesse rosto delicado? De que tanto palpita esse peito? O que provocou, assim de repente, força, vida e beleza no rosto dessa pobre moça, deixando-lhe reluzente com esse sorriso e vivaz com esse riso que reverbera e cintila? Você olha ao redor, procura por alguém, desconfia... Mas o momento passa e pode ser que amanhã mesmo você reencontre esse mesmo olhar pensativo e distraído, o mesmo rosto pálido, aquela mesma resignação e timidez nos movimentos e até certo remorso, até mesmo vestígios de uma angústia cruel e do enfado após um entusiasmo momentâneo... E você lamenta, que de maneira tão rápida e irremediável se desvanece essa fugaz beleza, que tão vã e ardilosa brilhava à sua frente, lamenta que não houve sequer tempo para amá-la.

E, no entanto, minha noite foi melhor do que o dia! Assim se sucedeu.

Voltei à cidade muito tarde e já batiam as dez horas quando comecei a tomar o rumo de casa. O caminho que fiz seguia pela margem do canal, onde àquela hora não se encontrava uma única alma viva. É verdade que moro em uma parte remota da cidade. Eu caminhava e cantava, pois quando estou feliz, inevitavelmente cantarolo comigo mesmo, como toda pessoa feliz sem amigos nem bons conhecidos, com quem, em um momento alegre, compartilhar sua alegria. Quando, de repente, aconteceu-me o mais inesperado episódio.

A curtos passos, havia uma mulher encostada ao corrimão da margem do canal. Inclinada sobre a grade, parecia que ela observava com atenção a água turva do canal. Ela usava um adorável chapéu amarelo e um elegante xale preto. "Essa moça, decerto, é morena", pensei. Ela parecia não ouvir meus passos, nem mesmo se mexeu quando passei por ela prendendo a respiração e com o coração a bater fortemente. "Estranho!", pensei. "Certamente está absorta em algum pensamento", e de repente parei de chofre. Ouvira um soluço abafado. Sim! Não estava enganado: a moça chorava e a cada minuto soluçava mais e mais. Meu Deus! Meu coração ficou apertado. E por mais tímido que eu fosse com as mulheres, esse era um momento daqueles! Dei meia-volta, andei em direção a ela e teria exclamado "Senhorita!" se ao menos ignorasse o fato de que essa exclamação já fora pronunciada mil vezes nos romances aristocráticos russos. E foi isso que me impediu. Mas enquanto eu procurava pela palavra, a moça voltou a si, olhou em volta, recobrou-se, baixou os olhos e esgueirou-se de mim passando pela margem do canal. No mesmo instante, segui atrás dela, mas a moça percebeu, deixou a margem do canal, atravessou a rua e foi pela calçada. Não me atrevi a cruzar para o outro lado. Meu coração saltava como o de um pássaro capturado. Então um acontecimento veio a me ajudar.

Por aquele lado da calçada, próximo à minha desconhecida, de um jeito inesperado, apareceu um homem de casaca, de idade respeitável, mas a respeito de seu andar não se podia dizer o mesmo. Ele andava vacilando e apoiando-se com cuidado pelas paredes. A moça andava feito uma flecha, às pressas e tímida, como geralmente andam todas as moças que não querem que qualquer um se ofereça para acompanhá-las à noite até em casa, e claro que o homem trôpego jamais a teria alcançado se o meu destino não o tivesse dado razões para procurar meios dissimulados de o fazê-lo. De repente, sem ter dito uma palavra a ninguém, o homem desprendeu-se de seu apoio e voou, correu com todas as suas forças, alcançando minha desconhecida. Ela ia feito vento, mas o senhor, arfando, aproximou-se e agarrou-a. A moça gritou e... Abençoado seja o destino pelo oportuno bastão que calhou de estar em minha mão direita. Rapidamente fui parar no outro lado da calçada. No mesmo instante, o homem inconveniente entendeu o que estava para acontecer, tomou em consideração a incontestável razão, calou-se, deixou-se ficar e, apenas quando já estávamos bem longe, protestou contra mim em termos bastante enérgicos. Mas suas palavras mal chegaram aos nossos ouvidos.

– Dê-me a mão – disse para minha desconhecida – e ele não se atreverá mais a nos incomodar.

Em silêncio, ela deu-me a mão ainda tremendo de inquietação e susto. Oh, homem inconveniente! Louvo-te por esse minuto! Dei a ela uma rápida olhada: ela era muito adorável e morena. Eu estava certo. Em seus cílios negros, ainda cintilavam pequeninas lágrimas por conta do susto recente ou do desgosto anterior, não sei. Mas em seus lábios já reluzia um sorriso. Ela também me olhou furtivamente, corou levemente e baixou os olhos.

– Mas veja, com que propósito a senhorita esgueirou-se de mim? Se eu estivesse lá, nada disso teria acontecido...

– Mas eu não conhecia você: pensei que o senhor também...

– E por um acaso agora a senhorita me conhece?

– Um pouquinho. Por exemplo, por que o senhor está tremendo?

– Oh, a senhorita acertou de primeira! – respondi com entusiasmo. A minha garota era esperta e somando isso à beleza, jamais seria um problema. – Sim, a senhorita adivinhou de primeira com quem está lidando. Exatamente, sou tímido com as mulheres e, não nego, estou inquieto, não menos do que a senhorita estava um minuto atrás, quando aquele homem a assustou... Eu estou meio assustado agora. É como um sonho, nem mesmo nos sonhos eu imaginava que algum dia iria conversar com alguma mulher.

– Como? Será possível?

– Sim, se minha mão está tremendo é porque nunca se entrelaçou com tão boa e pequena mãozinha como a sua. Eu não estou nada acostumado com as mulheres, isto é, eu nunca fui acostumado com elas. Afinal, sou sozinho... Eu nem mesmo sei como falar com elas. Agora mesmo não estou sabendo. Não teria eu lhe dito alguma bobagem? Diga-me diretamente, não ficarei ofendido, já lhe antecipo.

– Não, nada, nada, pelo contrário. E já que o senhor deseja que eu seja sincera, então eu lhe digo que as mulheres gostam dessa timidez. E se o senhor quer saber mais, eu também gosto e não vou lhe rechaçar até chegar à porta de casa.

— A senhorita faz — comecei, ofegante de exaltação — com que eu deixe agora mesmo de timidez e então, despeço-me de todas minhas maneiras!
— Maneiras? Quais maneiras, para quê? Isso já está feio.
— Culpa minha. Cessei. Minha língua escapou. Mas como a senhorita quer que neste minuto não haja vontade de...
— Gostar ou o quê?
— Bem, sim. Seja, por Deus, seja gentil. Faça uma ideia de quem sou! Pois já tenho 26 anos e nunca tive um encontro com ninguém. Como eu poderia dizer de uma maneira boa, eloquente e oportuna? Para a senhorita será mais proveitoso quando tudo estiver revelado, às vistas... Não consigo calar-me quando é o coração quem fala. Bem, que seja... A senhorita acredita? Nem uma única mulher, nunca, nunca! Nenhum relacionamento! E sonho o tempo todo que algum dia finalmente encontrarei alguém. Ah, se a senhorita soubesse quantas vezes fiquei apaixonado assim!
— Mas como, por quem?
— Não por alguém, por um ideal, por aquela que vejo em sonhos. Crio romances inteiros nos meus sonhos. Oh, a senhorita não me conhece! Verdade, sem isso é impossível, eu encontrava duas ou três mulheres, mas que mulheres eram elas? Eram dessas senhorias que... Mas vou fazê-la rir, vou lhe contar que por vezes pensei em falar sem grandes cerimônias com alguma aristocrata na rua, quando estivesse sozinha, naturalmente. Falaria tímido, respeitoso, apaixonado. Diria a ela que eu estaria perdido sozinho, que não me enxotasse, que não há maneira de conhecer outra mulher, iria convencê-la de que, mesmo em suas ocupações, as mulheres não rejeitariam a tímida súplica de um homem tão infeliz como eu. Que, finalmente, tudo o que desejo é apenas que me diga quaisquer duas palavras simpáticas

e fraternas, que não me afugente logo no início, acredite na minha palavra, escute o que eu tenho a dizer, ria de mim se assim quiser, dê-me esperanças, diga-me duas palavras, apenas duas, depois podemos até nunca mais nos encontrar! Mas a senhorita está rindo... Ademais, por isso estou dizendo-lhe... .

– Não se irrite. Estou rindo porque o senhor é o seu próprio inimigo e se tivesse tentado, então, pode ser que conseguisse, mesmo que na rua... Quanto mais simples, melhor. Caso não seja boba ou, sobretudo, não esteja com raiva de alguma coisa naquele minuto, nenhuma boa moça resolveria mandá-lo embora sem dar-lhe essas duas palavras, que o senhor, acanhado, tanto implora... Pensando bem, o que estou dizendo? É claro que o tomaria por louco, pois julguei por mim mesma. Eu mesma sei muito bem como as pessoas vivem nesse mundo!

– Oh, agradeço a senhorita – comecei a gritar –, não sabe o que fez por mim agora!

– Está bem, está bem! Mas diga-me, por que o senhor achou que eu seria o tipo de mulher, com a qual... Bem, a qual o senhor considera digna... de atenção e amizade... resumindo, não uma senhoria, como o senhor chama. Por que decidiu aproximar-se de mim?

– Por quê? Por quê? Bem, a senhorita estava sozinha, aquele homem foi muito audacioso, agora é noite. Convenha que esse é o dever...

– Não, não, ainda antes, lá, naquele outro lado. Ali o senhor já não queria aproximar-se de mim?

– Lá, naquele lado? Eu realmente não sei como responder: tenho medo... Sabe, hoje eu estava feliz. Andei, cantei, estive fora da cidade, nunca me aconteceram momentos tão felizes. A senhorita... pareceu-me, talvez... Bem, desculpe-me se lhe faço recordar: pareceu-me que a senhorita chorava e eu... eu não podia ouvir aquilo... meu coração apertou... Oh, meu Deus! Será que não posso me entristecer pela senhorita? Será que é pecado sentir uma compaixão fraternal? Desculpe, eu disse compaixão... Bem, sim, em suma: será que poderia ofendê-la o fato de ter ocorrido a mim a ideia de me aproximar?

– Pare, já basta, não diga... – disse a moça, de olhos baixos e apertando minha mão. – Eu mesma sou culpada por começar a falar nisso, mas estou contente por não ter me enganado em relação ao senhor... mas já estou em casa. Seguirei aqui pela viela mais dois passos... Adeus, agradeço ao senhor...

– Então será que, será que nunca mais nos veremos? Ficará por isso mesmo?

– Veja – disse a moça rindo –, no início o senhor queria somente duas palavras, já agora... mas, pensando bem, eu nada lhe direi. Pode ser que nos encontremos...

– Eu virei aqui amanhã – disse. – Oh, desculpe-me, eu já estou querendo demais...

– Sim, o senhor é impaciente... está quase exigindo...

– Escute, escute! – interrompi. – Perdoe-me se outra vez lhe disser algo tão... mas veja: eu não posso deixar de vir aqui amanhã. Sou um sonhador, tenho tão pouco da vida real que, momentos como este, como agora, considero tão raros que eu não posso deixar de ficar repetindo-os em meus devaneios. Sonharei com a senhorita a noite toda, a semana toda, o ano inteiro. Sem falta, voltarei aqui amanhã, exatamente aqui, neste mesmo lugar, nesta mesma hora e ficarei feliz ao lembrar do dia anterior. Este lugar é bom para mim. Eu já tenho uns dois ou três lugares assim em Petersburgo. Uma vez, até mesmo comecei a chorar por causa de lembranças, como a senhorita... Sabe-se lá, mas acho que a senhorita dez minutos atrás também chorava por causa de lembranças... Mas perdoe-me, eu outra vez perdi o controle. Talvez, algum dia a senhorita tenha sido especialmente feliz aqui...

– Está bem – disse a moça –, pode ser que eu venha para cá amanhã, também às dez horas. Vejo que não posso impedi--lo... Eu preciso estar aqui de qualquer maneira. Não pense que estou lhe concedendo um encontro. Eu lhe advirto que preciso estar aqui por mim mesma. Mas... bem, direi ao senhor de modo direto: não será problema, se o senhor vier. Em primeiro lugar, podem ocorrer situações desagradáveis como a de hoje, mas isso é à parte... Em suma, eu apenas gostaria de vê-lo... para lhe dar duas palavrinhas. Mas, veja só, o senhor não está me censurando agora? Não pense que concedo um encontro assim tão fácil... Eu não concederia se... Mas que seja meu segredo! Há apenas uma condição...

– Condição! Fale, diga, diga tudo de antemão. Concordo com tudo, estou pronto para tudo – exclamei entusiasmado –, eu respondo por mim, serei obediente, respeitoso... a senhorita me conhece...

– Justamente por conhecê-lo, convido o senhor amanhã – disse a moça rindo. – Eu o conheço perfeitamente. Mas veja, venha com uma condição: em primeiro lugar (apenas faça a gentileza de cumprir o que vou pedir. Veja que falo francamente), não se apaixone por mim... Isso está fora de cogitação, garanto ao senhor. Estou pronta para uma amizade, aqui está a minha mão... mas apaixonar-se não. Estou lhe pedindo.

– Juro-lhe – gritei agarrando sua mãozinha.

– Basta, não jure, sei que o senhor é capaz de inflamar-se feito pólvora. Não me censure por falar assim. Se o senhor soubesse... Eu também não tenho ninguém com quem eu possa ter uma palavra, pedir um conselho. É claro, a rua não é lugar para se procurar quem dê conselhos, mas o senhor é uma exceção.

Conheço-o tão bem, como se já fôssemos amigos há vinte anos... Não é verdade que o senhor não mudará?

– Verá... apenas não sei como sobreviverei, mesmo que um só dia.

– Durma profundamente. Boa noite. E lembre-se de que já estou confiando no senhor. Pois o senhor se expressou tão bem agora há pouco: será possível dar conta de cada sentimento, mesmo de uma compaixão fraternal! Sabe que foi tão bem-dito, que me passou pela cabeça a ideia de confiar ao senhor...

– Por Deus, mas o quê? O quê?

– Até amanhã. Por ora, deixemos em segredo. Assim é melhor para o senhor, mesmo que de longe, se pareça com um romance. Pode ser que amanhã eu lhe diga, pode ser que não... Eu ainda falarei com o senhor mais adiante, vamos nos conhecer melhor...

– Oh, e amanhã eu lhe contarei tudo sobre mim! Mas o que é isso? O que está me acontecendo só pode ser milagre... Onde estou, meu Deus? Bem, diga-me, será que a senhorita não está insatisfeita por não ter se zangado, por não ter me enxotado desde o início, como outra faria? Dois minutos e a senhorita me fez feliz para sempre. Sim! Feliz. É provável que a senhorita tenha me reconciliado comigo mesmo, resolveu minhas questões... Talvez aqueles momentos ainda venham... Bem, amanhã lhe contarei tudo, a senhorita tomará conhecimento de tudo, tudo...

– Está bem, aceito. O senhor é quem vai começar...

– De acordo.

– Adeus!

– Adeus!

E nos separamos. Fiquei andando por toda a noite. Não podia voltar para casa. Eu estava tão feliz... Até amanhã!

Segunda Noite

— Afinal você sobreviveu! – disse-me ela rindo e apertando-me ambas as mãos.

— Já estou aqui há duas horas. A senhorita não sabe como tenho estado todo esse dia!

— Eu sei, eu sei... mas vamos ao assunto. Sabe por que eu vim? Não para dizer tolices, como ontem. Pois bem: daqui em diante, precisamos proceder de maneira mais sensata. Ontem refleti bastante a respeito.

— Como, de que maneira mais sensata? De minha parte, estou pronto. Na verdade, na vida nunca me acontecera nada mais sensato, quanto agora.

— É mesmo? Em primeiro lugar, peço-lhe que não aperte tanto as minhas mãos; em segundo lugar, declaro-lhe que por muito tempo refleti a seu respeito.

— Bem, e como acabou?

— Como acabou? Acabou que devemos começar tudo de novo, porque hoje cheguei à conclusão de que o senhor ainda me é absolutamente desconhecido, de que ontem eu agi feito criança, como uma menina e, sem dúvida, tudo se deu por culpa do meu bom coração, isto é, eu me vangloriei, como sempre acontece quando começamos a nos perscrutar. E para corrigir meu erro, tomei a decisão de conhecer melhor o senhor, nos mínimos detalhes. Mas como não há ninguém que possa me dar mais informações, então o senhor mesmo deverá contar-me tudo, todos os pormenores. Bem, que tipo de pessoa é o senhor? Vamos, rápido. Comece já a contar a sua história.

– História! – exclamei surpreso. – História! Mas quem lhe disse que eu tenho história? Eu não tenho história...

– E como o senhor viveu se não há história? – interrompeu ela, rindo.

– Perfeitamente, sem qualquer história! Assim vivi, como se diz, por si só, sozinho, completamente sozinho, absolutamente sozinho, entende o que é ser sozinho?

– Como assim, sozinho? Quer dizer que o senhor nunca vê ninguém?

– Oh não, ver eu até vejo, mas, mesmo assim, sou sozinho.

– Como assim, é possível que o senhor não fale com ninguém?

– Estritamente falando com ninguém.

– Que tipo de pessoa é o senhor? Explique-se! Espere, vou adivinhar: o senhor, decerto, tem uma avó, assim como eu tenho. A minha é cega e a vida toda nunca me deixou ir a lugar algum, de modo que eu praticamente desaprendi a falar. Mas, há uns dois anos, fiz algumas travessuras. Quando ela percebeu que não conseguiria me segurar, pegou, me chamou e, com um alfinete, prendeu meu vestido ao seu e, desde então, ficamos juntas em casa o dia todo. Mesmo cega, ela tricota meias e eu me sento ao seu lado, costuro ou leio um livro para ela em voz alta. É esse estranho costume que há dois anos está me prendendo...

– Ah, meu Deus, que infortúnio! Não, eu não tenho uma avó assim.

– Se não tem, como o senhor pode ficar em casa?

– Escute, quer saber quem eu sou?

– Bem, sim, sim!

– No sentido estrito da palavra?

– No sentido mais estrito da palavra!

– Pois bem, eu sou um tipo.

– Tipo, tipo! Que tipo? – começou a gritar a moça, gargalhando, como se, por um ano inteiro, não tivesse tido a oportunidade de rir. – Eu me divirto com o senhor! Veja: há aqui este banco, sentemo-nos! Ninguém passa por aqui, ninguém vai nos ouvir. Vamos, comece logo a sua história! Porque o senhor não me engana, o senhor tem uma história e está apenas se escondendo. Em primeiro lugar, o que é um tipo?

– Um tipo? Um tipo é alguém excêntrico, ridículo – respondi, desatando a rir com o riso infantil que ela dera. – É dessa natureza. Ouça: sabe o que é um sonhador?

– Sonhador! Com licença, mas como não saber? Eu mesma sou uma sonhadora! Algumas vezes, ao lado de vovó, quantas coisas não me vêm à cabeça. E então começo a sonhar, e assim começo a pensar que estou me casando com um príncipe chinês... Mas de vez em quando sonhar faz bem! Ou não, pensando bem, quem sabe? Especialmente se há algo para se pensar além de sonhos – acrescentou a moça, dessa vez bastante séria.

– Excelente! Uma vez que a senhorita já se casou com um *bogdykhan*[4], então irá me entender perfeitamente. Bem, ouça... Permita-me, pois ainda não sei, mas como se chama?

---

4 Nome com o qual os russos, nos séculos XVI a XVIII, chamavam os imperadores da China, da dinastia Ming e início da dinastia Qing. (N.T.)

– Finalmente! Lembrou-se cedo de perguntar!
– Ah, meu Deus! Nem me passou pela cabeça, estava tudo tão bem...
– Eu me chamo Nástienka[5].
– Nástienka! E só?
– Só! Por um acaso é pouco para o senhor? Como é insaciável!
– Pouco? Não, pelo contrário. É muito, muito, é bastante, Nástienka, a senhorita é uma moça adorável, já na primeira vez me pede para chamá-la de Nástienka!
– É isso mesmo! E?
– Bem, Nástienka, escute que aqui vai uma história cômica.

Sentei-me ao lado dela, fiz uma pose pedantemente séria e comecei como se houvesse ensaiado:

– É, Nástienka, caso não saiba, há em Petersburgo recantos bastante estranhos. Nesses lugares parece não bater o mesmo Sol que brilha para todos os petersburguenses, mas um outro, novo, como se houvesse sido encomendado especialmente para eles e brilha com uma luz diferente, singular. Nesses recantos, querida Nástienka, vive-se uma vida completamente diferente, que não se assemelha àquela que fervilha próxima de nós, mas uma vida que só pode haver em um desconhecido e longínquo reino, não nestes nossos tempos sérios, graves. Essa mesma vida é uma mistura de algo puramente fantástico, excitantemente perfeito e ainda (infelizmente, Nástienka!) prosaico e ordinário, para não dizer inacreditavelmente vulgar.

– Credo! Oh, senhor, meu Deus! Que introdução! O que é isso que estou ouvindo?

– Ouça, Nástienka (parece-me que eu nunca me cansarei de chamá-la de Nástienka), ouça, nesses recantos vivem pessoas

---

5 Diminutivo de Nastásia. (N.T.)

estranhas: sonhadores. Sonhador, se precisar de uma definição detalhada, não é uma pessoa, mas um ser medíocre. Na maior parte do tempo, fica instalado em um recanto inacessível, como se quisesse se esconder da luz do dia, e uma vez encerrado em si mesmo, finca-se a seu recanto como um caracol, ou pelo menos de forma muito semelhante àquele notável animal, que é animal e casa ao mesmo tempo, chamado tartaruga. O que a senhorita acha, por que ele tanto ama suas quatro paredes, pintadas infalivelmente de tinta verde, cobertas por fuligem, tristes e esfumaçadas a ponto de ser intolerável ali permanecer? Por que esse ridículo sujeito, quando algum dos seus raros conhecidos vem visitá-lo (que aos poucos vêm desaparecendo, enquanto ele definha-se), por que este sujeito ridículo encontra-se tão perturbado, de aparência tão mudada e em tal confusão, como se houvesse acabado de cometer um crime entre suas quatro paredes, como se tivesse fabricado documentos falsos ou poeminhas a serem enviados à revista por carta anônima, indicando que o verdadeiro poeta já está morto e que seu amigo considera sagrado o dever de publicar seus versos? Diga-me por que, Nástienka, a conversa não flui entre esses dois interlocutores? Por que nem um riso, nem um mote animado sai da boca do amigo recém-chegado e perplexo, o qual, em outra ocasião, estaria rindo, soltando motes animados e conversando sobre o belo sexo e outros temas alegres? Por que então, por fim, esse amigo, provavelmente um conhecido recente e em sua primeira visita (porque a segunda não haverá, dada a situação, e o amigo não retornará), por que esse amigo encontra-se tão confuso, tão entorpecido diante de sua própria espirituosidade (se é que ele tem alguma), olhando para o rosto caído do anfitrião que, por sua vez, já encontra-se totalmente perdido, tendo afastado a última gota de bom senso, após enormes, porém inúteis, esforços em suavizar e mudar o rumo da conversa, demostrar sua visão a respeito do secularismo, falar sobre o belo sexo e tentar agradar com sua submissão o pobre coitado que por engano veio visitá-lo? Por que, enfim, a visita inesperadamente agarra-se ao chapéu e sai rapidamente, lembrando-se de repente de um compromisso importantíssimo, que nunca chegou a acontecer, e liberta sua mão dos calorosos apertos de mão do anfitrião, que se esforça ao máximo em demonstrar seu arrependimento e corrigir a sua confusão? De que este amigo está gargalhando, ao sair pela porta e prometendo a si mesmo que nunca mais voltará a visitar esse esquisitão, embora o esquisitão, no fundo seja um excelente rapaz e, ao mesmo tempo, não pode negar à sua imaginação um pequeno capricho de comparar, mesmo que de maneira distante, a fisionomia de seu recente interlocutor durante o tempo do encontro com o aspecto daquele gatinho infeliz, que as crianças esmagam, assustam e machucam de todos os jeitos possíveis, perfidamente mantendo-o em cativeiro reduzido a nada, que finalmente consegue esconder-se delas embaixo de uma cadeira e, ali na escuridão, durante uma hora inteira ficará eriçando os pelos, rosnando e limpando o seu focinho ofendido com ambas as patas e, ainda por muito tempo, olhará com hostilidade tanto para a natureza, quanto para a vida e até mesmo para a porção do jantar do seu dono, reservada para ele pela compassiva governanta?

– Escute – interrompeu Nástienka, que durante todo o tempo ouvia-me com perplexidade, de boca e olhos abertos –, escute: eu não sei por que tudo isso aconteceu e por que exatamente o senhor me oferece essas perguntas grotescas. Mas o que eu sei é que todo esse incidente aconteceu necessariamente com o senhor, palavra por palavra.

– Sem dúvida – respondi com a mais séria expressão.

– Bem, sendo assim, então continue – respondeu Nástienka –, porque eu quero muito saber como isso termina.

– A senhorita quer saber, Nástienka, o que fazia nosso herói em seu recanto, ou melhor dizendo, o que eu fazia (porque o herói de toda essa história sou eu), o modesto sujeito em questão. A senhorita quer saber por que eu fiquei tão alvoroçado e desorientado por um dia inteiro devido à visita inesperada de um amigo? A senhorita quer saber por que eu me agitei tanto e fiquei corado quando abriram a porta do meu quarto, por que eu não soube receber a visita e definhei envergonhado sob o fardo de minha própria hospitalidade?

– Bem, sim, sim! – respondeu Nástienka –, essa é a questão. Escute: o senhor está contando de maneira maravilhosa, mas não poderia contar não tão bem? O senhor fala exatamente como se lesse um livro.

– Nástienka! – respondi com voz imponente e severa, mal segurando o riso. – Querida Nástienka, eu sei que conto muito bem. Desculpe-me, mas não sei contar de outra maneira. Agora, querida Nástienka, estou parecendo o espírito do rei Salomão, que ficou por mil anos trancado a sete chaves em uma arca e que, agora, foi destrancada. Agora, querida Nástienka, novamente nos reencontramos após essa longa separação (pois já a conheço há tempos, Nástienka; por muito tempo procurei por um certo alguém e esse é um sinal de que procurava exatamente a senhorita e que estávamos predestinados a nos encontrar). Agora em minha cabeça ligaram-se mil chaves e preciso dar vazão a um rio de palavras para que eu não sufoque. Então, peço-lhe que não me interrompa, Nástienka, e ouça-me com humildade e respeito. Caso contrário, me calarei.

– Não, não, não! De jeito nenhum! Fale! Agora não direi nenhuma palavra.

– Continuando. Minha amiga Nástienka, há uma hora em meu dia que amo deveras. É aquela mesma hora em que terminam quase todos os compromissos, deveres e obrigações e todos correm para casa a fim de comer, deitar-se um pouco para descansar e, no caminho, inventam outros temas alegres, relacionados à tarde, à noite e a todo o tempo livre restante. Nessa hora, nosso herói (permita-me contar em terceira pessoa, Nástienka, porque em primeira pessoa será terrivelmente vergonhoso), então, nessa hora, nosso herói, que também estava atarefado, segue os demais. Mas um sentimento estranho de prazer surge em seu rosto pálido e um pouco amassado, ele olha com atenção para o crepúsculo que lentamente se extingue no céu gelado de Petersburgo. Quando eu digo que ele olha, estou mentindo: ele não olha, mas contempla de maneira inconsciente, como se estivesse cansado ou ocupado com alguma outra coisa mais interessante naquele momento, de modo que pode dedicar, de jeito fugaz, quase involuntária, um tempo ao que está a seu redor. Ele está satisfeito porque, pelo menos até amanhã, pôs fim aos *compromissos* maçantes e está alegre como um escolar que fora liberado da sala de aula e pode divertir-se com seus jogos e traquinagens favoritos. Veja pelo lado dele, Nástienka: logo verá que a sensação de alegria já agiu de maneira propícia sobre seus fracos nervos e mórbida sobre sua excitada imaginação. Então ele se põe a refletir... O que a senhorita acha, será sobre a ceia? Sobre a noite de hoje? O que tanto ele observa? Seria esse senhor de aparência respeitável, que se curva de maneira pitoresca à dama que segue em sua reluzente carruagem ao passo de seus ligeiros cavalos? Não, Nástienka, para ele agora isso não passa de migalhas! Ele já está enriquecido *pela sua própria* e singular vida. De repente, ele se fortaleceu de tal modo que o derradeiro raio do Sol que se extingue não em vão brilha diante dele, despertando em seu coração aquecido um verdadeiro enxame de impressões. Agora ele mal nota o caminho, no qual antes o menor detalhe o podia surpreender. Agora, a "deusa da fantasia" (caso você tenha lido Zhukóvski, querida Nástienka) já teceu, com suas mãos esmeradas, sua urdidura dourada e agora desentrelaça diante dele os padrões inauditos de uma vida extravagante e, quem sabe, carrega-o com sua mão esmerada até o sétimo céu de cristal por uma esplêndida calçada de granito, por onde ele retorna para casa. Experimente detê-lo agora, pergunte-lhe de repente onde ele está, por quais ruas passou. É provável que ele não se lembre por onde andou, nem onde está e, corando de irritação, certamente dirá alguma mentira para preservar o decoro. Por isso ele estremeceu, quase pôs-se a gritar e com espanto olhou ao redor, quando uma senhorinha de respeito o parou gentilmente no meio da calçada e começou a perguntar-lhe sobre o caminho que ela havia perdido. Com a sobrancelha cerrada de aborrecimento, seguiu adiante, mal notando que não só um transeunte sorria ao olhá-lo e seguia-o com os olhos e uma garotinha, que temerosa dera-lhe passagem, desatou a rir alto ao olhar atentamente para o seu sorriso largo e contemplativo e para os gestos de suas mãos. Mas a fantasia arrastara tudo em seu voo lúdico: a velha, os transeuntes curiosos, a menina risonha e os homens que pernoitavam em suas barcas aglomeradas no Fontanka (supondo que, nesse momento, o nosso herói passava por ele) e, travessa, bordou tudo e todos em sua trama, como moscas em uma teia, e com a nova aquisição, o excêntrico já metera-se em seu confortável *vison*[6], sentara-se à mesa

---

6   Casaco feito de pele de *vison*. (N.T.)

e já havia muito tempo que terminara de cear e apenas foi recobrar-se quando a pensativa e eternamente triste Matriona que o serve já havia retirado a mesa e entregava-lhe o seu cachimbo. Recobrou-se e com surpresa lembrou-se de que já havia tempo que ceara, sem perceber como isso se sucedeu. O cômodo escureceu, em sua alma havia apenas o vazio e a tristeza. Todo o reino de sonhos ruiu à sua volta, ruiu sem deixar vestígios, sem barulho ou ruído, esvaneceu-se como uma visão e ele mesmo não lembrava o que sonhara. Mas uma sensação sombria, que de leve lhe doía e agitava o peito, um novo desejo bulia tentador e irritava sua fantasia e discretamente convocava um enxame inteiro de novas aparições. No pequeno cômodo reinava o silêncio, a solidão e a preguiça acalentavam a imaginação que se inflamava e agitava suavemente como a água na cafeteira da velha Matriona, que serena ocupava-se na cozinha com o preparo do seu café. Agora ela já irrompia ligeiramente em lampejos, o livro, pego sem propósito e ao acaso, caiu das mãos do meu sonhador, que nem chegara à terceira página. Sua imaginação estava novamente disposta, acordada e, de repente, mais uma vez um mundo novo, uma nova vida fascinante reluziu diante dele em sua brilhante perspectiva. Um novo sonho, uma nova felicidade! Uma nova dose de veneno sofisticado e voluptuoso! Oh, o que lhe importa em nossa vida real? Em sua visão corrompida, nós, Nástienka, vivemos de maneira tão preguiçosa, lenta e indolente. Na visão dele, nós todos estamos tão insatisfeitos com o nosso destino, tão enfastiados com a nossa vida! E realmente, veja, como à primeira vista tudo entre nós é frio, sombrio, exatamente áspero... "Coitados!", pensa o meu sonhador. E não é de se admirar que pense assim. Olhe para esses espectros mágicos, tão encantadores, caprichosos, incomensuráveis e amplos que compõem diante dele um quadro mágico e vivo, cujo primeiro plano, em primeira pessoa, é claro, é ele mesmo, o nosso sonhador, com sua preciosa figura. Veja quantas diversas aventuras, que enxame sem fim de entusiásticas alucinações. Talvez a senhorita pergunte com o que ele está sonhando. Para que se perguntar? Sonha com tudo: com o papel do poeta, primeiro não reconhecido, e depois coroado; com a amizade de Hoffmann[7]; com a noite de São Bartolomeu[8], com Diana Vernon[9], com o papel heroico de Ivan Vassílevitch na conquista de Kazan[10], com Clara Mowbray[11], Effie Deans[12], com a Catedral dos Prelados e Hus[13] diante deles, com a insurreição dos mortos em Roberto[14] (lembra-se da música? "Cheirava a cemitério!"), com Minna[15] e Brenda[16], com a batalha de Beresina[17], com a leitura de um poema na casa da condessa V. D., com Danton[18], com a Cleópatra *e i suoi amanti*[19], com a casinha em Kolomna[20], com o seu recanto e a seu lado uma doce criação, que lhe escuta

---

7   E. T. A. Hoffmann (1776-1822), escritor, compositor, desenhista e jurista alemão, conhecido como um dos maiores escritores da literatura fantástica. (N.T.)

8   Massacre ocorrido na França em repressão ao protestantismo.

9   Personagem do romance *Rob Roy*, de Walter Scott (1771-1832). (N.T.)

10 Noite em que Ivan, o Terrível, devastou Kazan com todos os seus habitantes.

11 Personagem do romance *St. Ronan's Well*, de Walter Scott. (N.T.)

12 Personagem do romance *The Heart of Mid-Lothian*, de Walter Scott. (N.T.)

13 Jan Hus (1369-1415), pensador e reformador religioso. (N.T.)

14 *Roberto, o Diabo*, ópera de Giacomo Meyerbeer (1791-1864). (N.T.)

15 Poema de V. A. Zhukóvski (1783-1852). (N.T.)

16 Balada romântica de Kozlov (1779-1840). (N.T.)

17 Batalha da Rússia contra Napoleão Bonaparte, em 1812. (N.T.)

18 Georges Jacques Danton, participante da Revolução Francesa (1759-1794). (N.T.)

19 ... e seus amantes (do italiano). (N.T.)

20 Do poema *Noites egípcias*, de A. S. Púchkin. (N.T.)

numa noite de inverno, abrindo a boquinha e os olhinhos, como a senhorita me escuta agora, meu pequeno anjinho... Não, Nástienka, o que lhe importa, o que importa para esse lascivo indolente nesta vida, a mesma que nós tanto queremos? Ele pensa que esta é uma vida pobre e penosa, não prevendo que a qualquer momento lhe baterá a triste hora e nesse instante ele estará disposto a dar por um dia que seja desta penosa vida todos os seus fantasiosos anos. E não será pela alegria nem pela felicidade, mas porque pouco lhe importam as escolhas nesta hora de tristeza, arrependimento, inevitável infortúnio. Mas enquanto ainda não chega este terrível momento, ele nada deseja, pois está acima dos desejos, porque ele tem tudo, porque está saciado, porque é o artista de sua própria vida e a recria para si a todo momento, a seu bel-prazer. Pois é tão fácil, tão natural criar este mundo fabuloso e fantástico! Como se tudo isso não passasse de ilusão! Sinceramente, estou pronto a acreditar, a qualquer momento, que toda essa vida não é um conjunto de estímulos de sentimento, não é uma miragem, não é um engano da imaginação, mas que isso é, de fato, real, verdadeiro e que existe! Diga-me por que, Nástienka, por que então nesses momentos sente-se o espírito constrangido? Por que a partir de um feitiço, de um arbítrio misterioso, o pulso acelera, jorram lágrimas dos olhos do sonhador, ardem as suas bochechas pálidas e úmidas e esse prazer irrefutável preenche toda a sua existência? Por que noites inteiras de insônia passam como um instante em uma alegria e felicidade inesgotáveis e quando a aurora brilha em raios cor-de-rosa pela janela e o amanhecer ilumina o quarto sombrio com a sua luz incerta e fantástica, como a que temos em Petersburgo, o nosso sonhador, exausto, estafado, joga-se ao leito e adormece suspenso em deleites de seu espírito dolorosamente abalado e com uma dor fastidiosa e doce no coração? Sim, Nástienka, engana-se e, involuntariamente, acredita-se que uma paixão autêntica e verdadeira agita sua alma, acredita-se que há algo vivo, palpável em seus sonhos etéreos! E veja qual engano! Por exemplo, o amor ter entrado em seu peito com toda a sua inesgotável alegria, com todos os seus fastidiosos tormentos... Apenas dê uma olhada para ele e se convença! A senhorita acredita, ao olhar para ele, querida Nástienka, que ele realmente nunca conheceu aquela que tanto amava em seus sonhos frenéticos? Será que ele apenas a via em aparições encantadoras e simplesmente sonhava com essa paixão? Será que realmente eles não andaram de mãos dadas por tantos anos de suas vidas, a sós, juntos, isolando-se do mundo inteiro e unindo seu próprio mundo, sua própria vida à do outro? Será que não era ela, já em hora avançada, quando deu-se a separação, não era ela deitada em seu peito, soluçando e suspirando de saudade, sem ouvir a tempestade que irrompia sob um céu severo nem o vento que lhe sacava e carregava as lágrimas de seus cílios negros? Será que tudo era sonho, e o jardim desalentado, abandonado e selvagem, com musgos crescendo pelos caminhos solitários e sombrios, onde eles frequentemente caminhavam a dois, esperançavam, suspiravam de saudade, amavam, amavam-se demoradamente, "demorada e ternamente"! E essa casa estranha, ancestral, na qual ela viveu tantos anos solitária e triste, com o velho e soturno marido, sempre calado e colérico, colocando-os assustados, amedrontados feito crianças, desalentados e medrosos, escondendo um do outro o amor? Como eles sofreram, como temeram, como era inocente e puro o amor deles e como (naturalmente, Nástienka) eram más as pessoas! E meu Deus, não seria ela quem ele depois encontrou, longe dos limites de sua terra natal, sob um céu alheio do meio-dia, quente, em uma gloriosa e eterna cidade, no esplendor de um baile, sob uma trovoada de música no *palazzo*[21] (necessariamente no *palazzo*), imerso em um mar de luzes, na varanda envolta em murta e rosas, onde ela, reconhecendo-o, apressada retirou sua máscara e sussurrou: "Sou livre", tremendo, atirando--se aos braços dele e, gritando de excitação, agarraram-se um ao outro e no mesmo instante esqueceram-se da mágoa, da separação, de todos os tormentos, da casa lúgubre, do velho, do jardim sombrio em sua pátria distante e do banco, no qual, com o último beijo apaixonado, ela, em terrível tormento, escapou de seus abraços entorpecentes... Oh, há de convir, Nástienka, que é de se ficar aéreo, perturbado e ruborizado, feito um aluno que acaba de enfiar no bolso a maçã roubada do jardim vizinho, quando um rapaz alto e saudável, alegre e gracejador, o amigo inconveniente, abre a sua porta e grita como se nada estivesse acontecendo: "Sou eu, irmão, acabo de chegar de Pavlóvsk!" Meu Deus! O velho conde faleceu, avança uma indescritível felicidade e as pessoas estão chegando de Pavlóvsk!

Calei-me, patético, dando fim a meus brados patéticos. Lembro-me de querer me forçar a gargalhar, pois sentia que começava a se remexer um diabinho inimigo dentro de mim, que começava a apertar minha garganta, dar puxões em meu queixo e umedecer meus olhos mais e mais... Eu esperava que Nástienka, que me escutava com seus olhinhos espertos e abertos, desataria a gargalhar com seu riso incontrolável, infantil e alegre e eu arrependido de ter ido longe demais, de ter, em vão, contado sobre aquilo que há muito tempo acumulava

---

21 Tipo de palácio italiano, do período do Renascimento (N.T.).

em meu coração, sobre o que eu poderia discorrer fluidamente e confiante, pois há tempos preparara um veredito para mim mesmo e agora não poderia resistir a lê-lo e reconhecer minha culpa, sem esperar que me compreendessem. Mas, para a minha surpresa, ela permaneceu calada, depois de esperar um pouco, apertou levemente minha mão e com um tímido interesse me perguntou:

– Será que realmente o senhor viveu toda a sua vida deste jeito?

– Toda a vida, Nástienka – respondi –, toda a vida e, talvez, assim terminarei!

– Não, isso não pode – disse ela, aflita –, assim não pode ser. Se assim for, eu passarei a vida toda ao lado de vovó. Escute, sabe que viver assim não é nada bom?

– Eu sei, Nástienka, eu sei! – exclamei, sem segurar mais meu sentimento. – E agora sei mais do que nunca que perdi todos os meus melhores anos nessa letargia! Agora sei disso e sinto-me mais doente por ter essa consciência, porque o próprio Deus enviou-me a senhorita, meu anjo bom, para dizer-me isso e provar. Agora, sentado ao seu lado e conversando, penso temeroso sobre o futuro, pois no futuro está outra vez a solidão, outra vez esta vida estagnada, desnecessária. E agora com o que vou sonhar, uma vez que acordado ao seu lado fui tão feliz? Oh, seja abençoada a senhorita, moça querida, por não me rejeitar desde a primeira vez, por eu poder dizer que vivi pelo menos duas noites em minha vida!

– Ah, não, não! – gritou Nástienka e as lágrimas brilharam em seus olhos. – Não, isso não acontecerá mais, nós não nos separaremos assim! O que são duas noites?!

– Ah, Nástienka, Nástienka! Sabe que a senhorita me reconciliou comigo mesmo por muito tempo? Sabe que agora eu já não pensarei tão mal de mim quanto eu pensava em outros momentos? Sabe que pode ser que eu já não fique me remoendo porque cometi crime e pecado em minha vida, porque essa vida é um crime e um pecado? E não pense que eu estou exagerando para a senhorita, pelo amor de Deus, não pense isso, Nástienka, porque, às vezes, me vêm momentos de tal angústia, tal angústia... Porque, nesses momentos, já começa a me parecer que nunca serei capaz de começar a viver uma vida real, porque parece que perdi qualquer tato, qualquer intuição do verdadeiro, do real. Porque, finalmente, eu amaldiçoei a mim mesmo. Porque, após as minhas noites fantasiosas, em mim encontram-se momentos de lucidez terríveis! Enquanto isso, ouço ao redor uma multidão de pessoas que ecoa e gira no turbilhão da vida, ouço, vejo como as pessoas vivem: vivem despertas; vejo que não foram impedidas de viver suas vidas, que suas vidas não se dissipam feito sonho, feito miragem, que suas vidas se renovam eternamente, sempre jovens, e nenhuma hora se parece com a outra, enquanto a monótona e tímida fantasia é desencorajada a ponto de se tornar vulgar, fantasia escrava da sombra, da ideia, escrava da primeira nuvem que de súbito encobre o Sol e oprime de angústia o verdadeiro coração de Petersburgo, que tanto estima seu Sol. Mas quanta fantasia há na angústia! É possível sentir que ela, essa *inexaurível* fantasia, finalmente está cansada, exaurida nesse eterno esforço, porque estou amadurecendo, vivendo além de meus antigos ideais, que se reduzem a pó, a fragmentos. Se não há outra vida, resta construí-la a partir desses fragmentos. Mas, ao mesmo tempo, a alma clama por algo diferente! Em vão o sonhador escava seus antigos sonhos, como em meio às cinzas, procurando por uma fagulha, a fim de soprá-la, acendê-la e, com o fogo reestabelecido, aquecer o coração gelado e nele reviver tudo aquilo que antes era tão doce, que tocava a alma e agitava o sangue, arrancava lágrimas dos olhos e iludia de maneira sublime! Sabe, Nástienka, até que ponto cheguei? Sabe que, a contragosto, celebro o aniversário de minhas sensações, o aniversário daquilo que antes era tão doce, mas que, na realidade, nunca aconteceu (porque o aniversário é a celebração de todos os sonhos bobos e etéreos) e me forço a isso porque me faltam esses sonhos bobos, mas até mesmo os sonhos seguem vivendo, porque uma vez sonhados não há como livrar-se deles! Sabe que agora gosto de recordar e visitar esses lugares em determinadas datas, quando era feliz à minha maneira, gosto de construir o meu presente em harmonia com meu irremediável passado e com frequência vago feito sombra, sem necessidade e sem propósito, triste e desanimado pelos becos e ruas de Petersburgo. Quantas lembranças! Vem à memória, por exemplo, que exatamente aqui, há um ano, exatamente nesta mesma época, nesta mesma hora, por esta mesma calçada, vagavas sozinho, desanimado como agora! E lembras que lá também os sonhos eram tristes e, apesar de antes não terem sido melhores, sentes de uma maneira, como se tivesse sido mais fácil e tranquilo viver, que não havia esse pensamento tétrico, que agora está vinculado a ti, nem havia estas dores na consciência, estes remorsos sombrios, soturnos, que, nem um dia nem uma noite sequer, dão sossego. E perguntas por onde andarão teus sonhos e meneando a cabeça dizes: "Como os anos voam!". E novamente te perguntas o que fizeste dos teus anos? Onde enterraste os teus melhores momentos? Viveste ou não? "Vejas, dizes a ti mesmo, vejas como está esfriando. Anos passarão e com eles virá a sombria solidão, virá a velhice trépida acompanhada da bengala e em seguida a angústia e o desânimo. Teu mundo fantástico está empalidecendo, teus sonhos estão murchando, definhando e desprendem-se como as folhas amarelas das árvores...

Oh, Nástienka! Como é triste ficar só, completamente só, mesmo sem ter nada que lamentar, nada, absolutamente nada... porque tudo o que perdeste, tudo mesmo, não era nada, era um bobo e redondo zero, não passava de um sonho!

– Oh, não me sensibilize mais! – proferiu Nástienka, enxugando uma lagrimazinha que saíra de seus olhos. – Agora acabou! Agora estaremos juntos, agora, independentemente do que me aconteça, nunca nos separaremos. Escute. Eu sou uma moça simples, eu pouco me instruí, embora vovó tenha contratado um professor. Mas, realmente, eu entendo o senhor, porque tudo o que me contou agora, eu mesma já vivi quando vovó me prendeu pelo vestido. É claro que eu não contaria tão bem quanto o senhor, eu não aprendi – acrescentou tímida, porque ainda sentia certo respeito pelo meu discurso patético e pelo meu estilo refinado –, mas estou muito contente pelo senhor ter se aberto comigo. Agora eu o conheço, sei absolutamente tudo. E sabe de uma coisa? Quero lhe contar também a minha história, sem esconder nada, e depois o senhor me dará um conselho. O senhor é uma pessoa muito inteligente. Dá sua palavra que o senhor me dará este conselho?

– Ah, Nástienka – respondi –, eu nunca fui de dar conselhos, sobretudo conselhos inteligentes, mas agora vejo que se vamos viver sempre assim, então será de maneira inteligente e iremos nos dar muitíssimos conselhos inteligentes! Bem, minha boazinha Nástienka, qual é o conselho que posso lhe dar? Diga-me diretamente, agora estou tão alegre, feliz, encorajado, que não me faltarão as palavras.

– Não, não! – interrompeu Nástienka, começando a rir. – Eu preciso não de um conselho inteligente, eu preciso de um conselho cordial, de irmão, como se já me amasse pela vida toda!

– Ótimo, Nástienka, ótimo! – gritei com entusiasmo. – E se eu a amasse já há vinte anos, ainda assim eu não teria amado tanto quanto agora!
– Dê-me sua mão! – disse Nástienka.
– Aqui está! – respondi, entregando-lhe a mão.
– Pois bem, comecemos minha história!

A História de Nástienka

– Metade da história o senhor já conhece, ou seja, sabe que eu tenho uma velha avó...

– Se a outra metade for tão breve quanto essa... – comecei a interrompê-la rindo.

– Cale-se e escute. Antes de começar, tenho uma condição: não me interrompa, senão me perderei. Bem, escute com atenção.

Eu tenho uma velha avó. Fui morar com ela ainda muito pequena, porque faleceram minha mãe e meu pai. Suponho que vovó era rica antigamente porque ainda hoje fica recordando dias melhores. Ela mesma me alfabetizou em francês e depois contratou um professor para mim. Quando eu tinha 15 anos (agora estou com 17), eu terminei os estudos. E naquela época fiz travessuras: o que eu fiz, eu não lhe direi. Basta dizer que o delito foi pequeno. Vovó apenas me chamou em uma certa manhã e disse que porque ela era cega não poderia me vigiar, então pegou o alfinete e prendeu meu vestido ao dela e disse que assim permaneceríamos a vida toda, claro, caso eu não me comportasse melhor. Resumindo, no começo era impossível sair: trabalhar, ler, estudar, tudo ao lado de vovó. Eu tentei ser espertinha uma vez e convenci Fiókla a ficar em meu lugar. Fiókla é a nossa criada, ela é surda. Fiókla ficou no meu lugar. Nesse tempo, minha avó adormeceu na poltrona, e eu fui à casa da minha amiga aqui perto. E acabou mal. Enquanto eu ainda estava fora, vovó acordou e perguntou alguma coisa, pensando que eu ainda estava comportada em meu lugar. Fiókla viu que vovó estava perguntando, mas ela não ouvia sobre o quê, pensou, pensou no que deveria fazer, desprendeu o alfinete e pôs-se a correr...

Neste ponto, Nástienka parou e começou a gargalhar. Comecei a rir com ela. Ela no mesmo instante parou.

– Ouça, o senhor não ria de vovó. Sou eu que estou rindo porque é engraçado... O que fazer, se a vovó é assim e só eu ainda a amo um pouquinho? Bem, e então fiquei de castigo mais uma vez: logo me colocou outra vez no lugar e nem me mover era permitido.

Bem, eu ainda me esqueci de dizer-lhe que temos, ou melhor, vovó tem uma casa, quer dizer, uma casinha com apenas três janelas, toda de madeira e velha como vovó, em cima há um mezanino, para onde havia se mudado um novo inquilino...

– Então havia um antigo inquilino? – fiz uma observação de passagem.

– É claro que havia – respondeu Nástienka – e que sabia ficar calado melhor do que o senhor. Na verdade, ele mal mexia a língua. Era um velhinho, bem magro, mudo, cego e coxo, até que ficou impossível viver neste mundo, então ele morreu. Precisávamos de um novo inquilino porque não podíamos manter-nos sem um inquilino: esse dinheiro e a pensão de vovó eram quase todo o nosso rendimento. O novo inquilino, como de propósito, era jovem, não era daqui, era um viajante. Como ele não era de barganhar, a minha avó o deixou ficar e depois perguntava: "Então, Nástienka, o nosso inquilino é jovem ou não?". Eu não queria mentir: "Então, vovó, não é totalmente jovem, mas também não é velho". "Bem, e ele é de boa aparência?", perguntava.

"Mais uma vez, eu não queria mentir: 'Sim, de boa, eu diria, aparência, vovó!'. E vovó falava: 'Ah! Castigo, castigo! Eu estou te falando isso, minha netinha, que é para que tu não fiques de olho nele. Mas em que época vivemos! Quem diria, um inquilino tão insignificante, mas de boa aparência. Antigamente não era assim!'.

"Para vovó, tudo era 'antigamente'! Ela era mais jovem antigamente, o Sol era mais quente antigamente, o creme de leite não azedava tão rápido antigamente, era tudo 'antigamente'! Então me sentei calada, pensando comigo mesma o que vovó estava me sugerindo ao perguntar se o inquilino é bom e jovem. E apenas isso, pensei um pouquinho e então voltei a contar os pontos, tricotar as meias e depois acabei esquecendo tudo isso.

"Uma vez, pela manhã, o inquilino veio até nós para perguntar a respeito do papel de parede que prometeram colocar em seu quarto. Palavra por palavra, vovó, faladora que só, disse: 'Anda, Nástienka, vai até meus aposentos e traz o ábaco'. Na hora, eu pulei de um salto não sei por que, estava corada e tinha esquecido que estava presa pelo vestido. Ao invés de desprender discretamente para que o inquilino não notasse, arranquei de um jeito que a poltrona de vovó veio junto. Assim que vi que o inquilino agora sabia tudo sobre mim, fiquei corada, em pé, plantada ao chão, comecei a chorar. Como foi vergonhoso e doloroso aquele momento, não conseguia olhar de vergonha! A minha avó gritando 'O que fazes aí parada?' fazia com que eu ficasse ainda pior... O inquilino vendo que eu estava toda envergonhada, afastou-se e foi embora!

"Depois desse episódio, ao menor barulho no teto, eu ficava mortificada. Ficava pensando: 'O inquilino está vindo, qualquer coisa eu tiro o alfinete bem de fininho...'. Mas não era ele, ele não vinha. Passaram duas semanas. O inquilino, por meio de Fiókla, mandou dizer que tinha muitos livros franceses e que eram bons livros, então poderíamos ler e talvez vovó iria querer que eu os lesse para ela, para que não ficasse entediada. Vovó concordou com gratidão, apenas perguntava se os livros não eram imorais, porque 'se assim forem', dizia ela, 'então, Nástienka, estás proibida de ler, senão irás aprender coisas feias'."

– E o que vou aprender, vovó? O que está escrito lá?

– Ah! – dizia. – Neles está descrito como os rapazes seduzem as moças bem-educadas, como eles, a pretexto de que querem casar-se com elas, levam-nas da casa dos pais, para depois abandonar essas infelizes moças à própria sorte, que depois perecem da maneira mais deplorável. Eu – dizia vovó – lia muito esses livros, neles é tudo tão bem descrito que pode ficar a noite toda lendo. Então, tu, Nástienka, vejas lá, não os leia. Quais são – diz – os livros que ele trouxe?

– São todos romances de Walter Scott, vovó.

– Romances de Walter Scott! Está bem, mas não há algum tipo de truque aqui? Vê, ele não deixou um bilhetinho de amor?

– Não, vovó – disse eu –, não tem bilhetinho nenhum.

– Vê dentro da capa. Às vezes eles colocam dentro da capa, danados!

– Não, vovó, também não há nada dentro da capa.

– Bem, então está bem!

Então começamos a ler Walter Scott e em um mês lemos quase a metade. Ele continuava enviando mais livros. Enviava Pushkin. Ao final, eu já não podia ficar sem eles e deixei de pensar como me casaria com o príncipe chinês.

Uma vez aconteceu de encontrar-me com o nosso inquilino na escada. Vovó tinha me mandado atrás de algo. Ele parou, eu corei e ele também. No entanto, ele deu uma risada, cumprimentou-me, perguntou sobre a saúde de vovó e disse: "Então, a senhorita leu os livros?". Eu respondi: "Li". "E de quais a senhorita gostou mais?", disse ele. E eu disse: "De todos, os que mais gostei foram *Ivanhoé* e Púchkin". E assim terminou a nossa conversa.

Uma semana depois, eu o encontrei mais uma vez na escada. Dessa vez, vovó não havia pedido nada, mas eu mesma fui buscar uma coisa. Eram duas horas, o horário que o inquilino geralmente chegava. "Boa tarde!", disse. E eu a ele: "Boa tarde!".

– E então – disse –, a senhorita não fica entediada de ficar o dia inteiro com a sua avó?

Assim que ele me perguntou, não sei por que fiquei corada, envergonhada, e novamente me senti ofendida, evidentemente porque outros já haviam me perguntado sobre esse assunto. Eu queria sair sem dar a resposta, mas não tinha forças.

– Escute – diz –, a senhorita é uma boa moça! Desculpe-me por falar assim com a senhorita, garanto que, mais do que sua avó, desejo o seu bem. A senhorita não tem amigas, a quem possa visitar?

Eu disse que não, há apenas uma, a Máchenka[22], mas ela partiu para Pskov.

– Escute – disse –, gostaria de ir ao teatro comigo?

– Ao teatro? Mas e vovó?

– A senhorita – disse – pode sair escondida da vovó...

– Não – disse –, eu não quero enganar vovó. Adeus, senhor!

– Bem, adeus – disse. – Eu nem falei nada.

---

22 Diminutivo de Maria (N.T.).

Logo após a ceia ele veio até nós. Sentou-se, falou bastante tempo com vovó, perguntou-lhe se costumava sair para algum lugar, se tem conhecidos e de repente disse: "Hoje peguei um camarote para a ópera *O barbeiro de Sevilha*[23], Uns conhecidos queriam ir, mas depois desistiram e eu acabei com os ingressos sobrando".

– *O barbeiro de Sevilha!* – gritou vovó. – É o mesmo *barbeiro* de antigamente?

– Sim – disse –, é o mesmo *barbeiro* – e deu uma olhada para mim. Eu compreendi tudo, corei e o meu coração pôs-se a pular de esperança!

– Sim, o próprio – disse vovó –, como não o conhecer! Eu mesma já encenei Rosina[24] num teatro em família!

– Então, não gostaria de ir hoje? – disse o inquilino. – Os ingressos, dou de graça.

– Sim, certamente iremos – disse vovó –, por que não ir? Inclusive, a minha Nástienka nunca foi ao teatro.

Meu Deus, que alegria! No mesmo instante, nos aprontamos, pegamos o necessário e fomos. Vovó, apesar de cega, tinha vontade de ouvir música e, além disso, é uma boa velhinha: ela queria me entreter mais, mas nunca fazíamos nada desse tipo por nossa conta. E qual foi a minha impressão sobre *O barbeiro de Sevilha*, eu não lhe direi, apenas digo que durante toda a noite nosso inquilino olhava bem para mim, falava tão bem, que naquele momento percebi que pela manhã ele quisera me testar, sugerindo que eu fosse sozinha embora com ele. Bem, que alegria! Eu fui dormir tão orgulhosa, tão alegre, o coração

---

23 Ópera do compositor italiano Gioachino Rossini, composta em 1813 (N.T.).

24 Personagem da ópera *O barbeiro de Sevilha* (N.T.).

batia tanto que tive uma pequena febre e a noite toda tive delírios com *O barbeiro de Sevilha*.

    Eu achava que, depois disso, ele iria nos visitar com mais frequência, mas isso não aconteceu. Ele parou quase por completo. Uma vez por mês, acontecia de ele aparecer, mas apenas para convidar ao teatro. Fomos mais umas duas vezes. Apenas com isso eu já estava totalmente insatisfeita. Eu via que ele estava somente com pena de mim, por eu ser tratada com tanto desprezo pela vovó e mais nada além disso. Logo, começou a dar alguma coisa em mim: ficar em casa eu não queria, ler não queria, nem trabalhar eu queria. Às vezes ria e fazia um desaforo a vovó, outras vezes só chorava. Por fim, eu emagreci e por pouco não fiquei doente. A temporada de ópera passou e o inquilino parou de nos visitar completamente. Quando nos encontrávamos, sempre na escada, ele me cumprimentava calado, tão sério, como se não quisesse falar e já saía para a varanda e eu ainda na metade da escada, vermelha como uma cereja, porque todo o meu sangue começava a subir para a cabeça quando eu me encontrava com ele.

    E agora chegamos ao fim. Exatamente há um ano, no mês de maio, o inquilino veio até nós e disse para vovó que ele já havia concluído aqui o seu negócio e que deveria partir novamente para Moscou por um ano. Assim que eu ouvi, fiquei pálida e caí como uma morta na cadeira. A minha avó não percebeu e ele, tendo anunciado sua partida, afastou-se e saiu.

    O que eu poderia fazer? Fiquei pensando, pensando, fiquei triste, triste, até que me decidi. Ele ia embora no dia seguinte e eu decidi que terminaria tudo à noite, quando a minha avó fosse dormir. E foi o que aconteceu. Eu amarrei numa trouxa tudo o que era vestido, tantas roupas quanto eram necessárias e com a trouxa nas mãos, morta de medo, segui para o mezanino até o nosso inquilino. Acho que subi a escada em uma hora inteira. Quando eu abri a porta de seu quarto, ele deu um grito me vendo ali. Ele pensou que eu fosse um fantasma e correu para me servir água, pois eu mal conseguia ficar em pé. O coração batia tanto que a cabeça doía e ficava turva. Quando voltei a mim, então comecei logo colocando a minha trouxa de roupas ao lado dele em cima da cama, sentei-me junto, cobri o rosto com as mãos e me derramei em lágrimas. Em um instante, ele parecia ter entendido tudo, ficou em pé diante de mim, pálido e me olhava tão triste, que o meu coração doía.

– Escute – começou ele –, escute, Nástienka, eu não posso fazer nada. Sou um homem pobre; por enquanto não tenho nada, nem mesmo um lugar decente. Como iríamos viver, se eu me casasse com a senhorita?

Nós conversamos muito, mas ao final caí em delírio, disse que não poderia mais viver com vovó, que iria fugir dela, que eu não queria que me prendesse pelo alfinete e que eu iria com ele, se assim ele quisesse, para Moscou porque sem ele eu não poderia viver. E a vergonha, o amor, o orgulho, tudo de uma só vez falava em mim e caí na cama quase em convulsão. Como eu temia uma rejeição!

Ele se sentou calado por alguns minutos, depois se levantou, se aproximou de mim e pegou-me pela mão.

– Escute, minha boa, minha doce Nástienka! – começou ele também em meio às lágrimas. – Escute. Juro-lhe que, se algum dia eu estiver em condições de me casar, então certamente a senhorita fará a minha felicidade. Eu garanto que agora somente a senhorita pode fazê-la. Ouça: eu vou a Moscou e ficarei por lá exatamente um ano. E espero pôr em ordem meus negócios. Quando eu voltar, caso a senhorita não tenha deixado de me amar, juro que seremos felizes. Agora é impossível, eu não posso, não estou no direito de prometer nada que seja. Mas repito, se dentro de um ano isso não acontecer, então algum dia certamente acontecerá, claro, caso a senhorita não prefira outro em meu lugar, pois eu não posso nem me atrevo a prendê-la com qualquer palavra.

Foi o que ele me disse e partiu no dia seguinte. Juntos combinamos de não falar uma palavra a respeito para vovó. Ele quis assim. Bem, agora minha história está quase terminando. Passou exatamente um ano. Ele voltou, ele já está aqui há três dias e...

– E então? – gritei impaciente, querendo ouvir o final.

– E até agora não apareceu! – respondeu Nástienka, como se estivesse reunindo forças. – Ninguém viu ou ouviu falar...

Então ela parou, ficou calada por um tempo, baixou a cabeça e, de repente, cobrindo-se com as mãos, começou a soluçar tanto que fez meu coração virar do avesso com esses soluços.

Eu não esperava um desfecho parecido.

– Nástienka! – comecei com uma voz tímida e insinuante. – Nástienka! Pelo amor de Deus, não chore! Como a senhorita sabe? Talvez ele ainda não...

– Está aqui, aqui! – prosseguiu Nástienka. – Ele está aqui, isso eu sei. Fizemos um acordo, naquela noite, na véspera da partida. Quando nós já havíamos dito tudo que contei ao senhor e chegado a um acordo, saímos de casa para passear, exatamente por esta mesma margem. Eram dez horas, nos sentamos neste banco. Eu já não chorava e era doce escutar o que ele dizia... Ele disse que assim que retornasse, viria à nossa casa e se eu não o recusasse, então contaríamos tudo para vovó. Agora ele voltou, eu sei disso e nada dele!

E ela outra vez caiu em lágrimas.

– Meu Deus! Será que não há nem uma maneira de ajudar com essa tristeza? – gritei, pulando do banco em desespero. – Diga, Nástienka, seria possível que pelo menos eu fosse até ele?

– Seria possível? – disse ela, levantando a cabeça de repente.

– Não, claro que não! – observei, percebendo meu lapso. – Mas veja: escreva uma carta.

– Não, isso não é possível, isso nunca! – respondeu ela enfaticamente, mas já de cabeça baixa e sem olhar para mim.

– Como não pode? Por que não? – continuei, agarrado à minha ideia. – Mas, sabe, Nástienka, que tipo de carta! Cada carta tem seu estilo... Ah, Nástienka, é assim! Confie em mim, confie! Eu não estou dando maus conselhos à senhorita. Tudo isso pode ser arranjado. A senhorita já deu o primeiro passo, por que agora...

– Não pode, não pode! Seria como se eu estivesse insistindo...

– Ah, minha boa Nástienka! – interrompi, sem esconder o sorriso. – Que nada, não. A senhorita, afinal, está no direito porque ele lhe prometeu. Pelo que vejo, ele é uma pessoa atenciosa, ele agiu bem – continuei, me impressionando mais e mais com a lógica de meus próprios argumentos e convicções –, como ele agiu? Ele se prendeu por uma promessa. Ele disse que não se casaria com ninguém, além da senhorita, isso se fosse casar. Ele lhe concedeu plena liberdade para, mesmo agora, recusá-lo... Neste caso, a senhorita pode dar o primeiro passo, a senhorita tem o direito, tem preferência diante dele, nem que fosse o caso de a senhorita querer livrá-lo da palavra dada...

– Escute, como o senhor escreveria?

– O quê?

– Esta carta.

– Eu escreveria assim: "Prezado senhor..."

– E precisa ser exatamente assim, "Prezado senhor"?

– Certamente! Pensando bem, por quê? Eu acho...
– Bem, bem! Adiante!
– "Prezado senhor! Desculpe-me por eu..." Pensando bem, não; não precisa pedir desculpa alguma! Aqui o próprio fato justifica tudo, escreva apenas:
"Estou lhe escrevendo. Perdoe-me a impaciência, mas o ano todo a esperança me manteve feliz. Tenho culpa se não posso suportar nem mais um dia de dúvida? Agora que o senhor retornou, pode ser, que já tenha mudado as suas intenções. Então esta carta é para dizer-lhe que não estou me queixando e não estou acusando-o. Não o culpo por eu não ser a dona do seu coração. Assim é o meu destino!
"O senhor é uma nobre pessoa. O senhor não sorria nem se aborreça com as minhas impacientes linhas. Lembre-se de que, quem as escreve é uma pobre moça, solitária, que não tem ninguém que a possa instruir ou aconselhar e que nunca soube dominar o próprio coração. Mas perdoe-me se, mesmo por um instante, a dúvida insinuou-se em minha alma. O senhor é incapaz de, mesmo mentalmente, ofender aquela que tanto lhe amou e ama."
– Sim, sim! É exatamente assim, como eu pensava! – gritou Nástienka com a alegria começando a brilhar em seus olhos. – Oh! O senhor resolveu minhas questões, o senhor foi enviado por Deus! Agradeço, agradeço ao senhor!
– Por quê? Por Deus ter me enviado? – respondi, olhando encantado para seu rostinho alegre.
– Sim, ao menos por isso.
– Ah, Nástienka! Agradecemos às outras pessoas pelo fato de viverem conosco. Eu agradeço à senhorita por ter me encontrado, pelo fato de que me lembrarei da senhorita pelo resto da vida!

– Bem, é o bastante, é o bastante! E agora escute-me. Havia então o combinado de que, assim que ele chegasse, imediatamente informasse a sua chegada, deixando-me uma carta com uns conhecidos meus, pessoas boas e simples, que não sabem nada sobre isso. Ou se não pudesse escrever uma carta, pois numa carta nem sempre pode-se contar tudo, então no mesmo dia que chegasse, estaria aqui às dez horas em ponto, onde acordamos de nos encontrar. Sobre a chegada dele eu já sei. Mas já é o terceiro dia e nada de carta e nada dele. Eu não posso sair de perto da minha avó pela manhã, de modo algum. Amanhã, dê, o senhor mesmo, minha carta àquelas boas pessoas, sobre as quais eu lhe disse. Eles logo enviarão. Tendo resposta, o senhor mesmo traga a carta amanhã à noite às dez horas.

– Mas a carta, a carta! Antes é preciso escrever a carta! Assim, pode ser que até depois de amanhã tudo se resolva.

– A carta... – respondeu Nástienka, um pouco atrapalhada –, a carta... mas...

Mas ela não terminou. Ela primeiro desviou o seu rostinho de mim, corou como uma rosa e, de repente, senti uma carta em minha mão, pelo visto já escrita há tempos, completamente pronta e selada. Uma lembrança familiar, doce e graciosa passou-me pela cabeça.

– R, o; Ro... s, i; si... n, a; na... – comecei.

– Rosina! – cantamos os dois juntos, eu quase abraçando-a de empolgação, ela, corada tanto quanto possível e rindo em meio às lágrimas que, feito pequenas pérolas, tremeluziam em seus cílios negros.

– Bem, é o bastante, é o bastante! Agora, adeus! – disse ela rapidamente. – Aqui está a carta e o endereço para onde levá-la. Adeus! Até a próxima! Até amanhã!

Ela apertou firme ambas as minhas mãos, acenou com a cabeça e correu como uma flecha para a sua viela. Eu permaneci parado no lugar por um bom tempo, seguindo-a com os olhos.

"Até amanhã! Até Amanhã!" – passou pela minha cabeça, quando ela desapareceu da minha vista.

Terceira Noite

    Hoje estava um dia triste, chuvoso, sem um feixe de luz, exatamente como minha futura velhice. Estou sendo perseguido por pensamentos tão estranhos, sensações sombrias; questões ainda não esclarecidas se aglomeram em minha cabeça, mas não há nem forças nem desejo para resolvê-las. Não me cabe resolver tudo isso!
    Hoje não nos encontraremos. Ontem, quando nos despedimos, as nuvens começaram a cobrir o céu e o nevoeiro aumentava. Eu disse que hoje seria um dia feio. Ela não respondeu, ela não queria dizer contra si. Para ela, este dia seria claro e luminoso e nenhuma nuvenzinha iria encobrir a sua felicidade.
    – Se chover, não nos veremos! – disse ela. – Eu não virei.
    Eu achava que ela não havia notado a chuva de hoje, mas, mesmo assim, não veio.
    Ontem foi o nosso terceiro encontro, a nossa terceira noite branca...
    No entanto, como a alegria e a felicidade tornam o ser humano maravilhoso! Como o coração borbulha de amor! Parece que queres derramar teu coração todo em outro coração, queres que tudo seja alegre e motivo de riso. E como é contagiante esta alegria!

Ontem, nas palavras dela, havia tanta ternura, tanta bondade comigo... Como ela estava dedicada a mim, me fazia carinhos, como animava e acalentava meu coração. Oh, quanto coquetismo de felicidade! E eu... Eu me deixando levar pelas aparências. Eu pensava que ela...

Mas, meu Deus, como eu poderia pensar isso? Como eu poderia ser tão cego quando tudo já estava tomado por outro, tudo que não era meu. Quando, afinal, até esta sua mesma ternura, sua preocupação, seu amor... Sim, o amor dela por mim não era outra coisa, senão a alegria do encontro iminente com outro, o desejo de impor a sua felicidade para mim? Depois de ele não ter vindo, depois de termos esperado tanto e em vão, ela cerrou as sobrancelhas, ficou acanhada e acovardada. Todos os seus movimentos, todas as suas palavras já não eram tão leves, divertidas e alegres. Estranhamente, ela redobrou sua atenção em mim, como se instintivamente desejasse derramar em mim aquilo que ela desejava para si mesma, aquilo que ela mesma temia não se tornar realidade. Minha Nástienka ficou tão intimidada e assustada que parecia que finalmente havia entendido que eu a amava e apiedou-se do meu pobre amor. Quando estamos infelizes, sentimos mais forte a tristeza dos outros. O sentimento não se desfaz, mas se retrai...

Eu fui até ela com o coração cheio e mal podia esperar pelo encontro. Eu não pressentia o que estava para sentir, não pressentia que tudo acabaria dessa maneira. Ela estava radiante de alegria, esperava pela resposta. A resposta era ele próprio. Ele deveria vir correndo ao seu chamado. Ela chegou uma hora antes de mim. Primeiro, gargalhava o tempo todo, ria de todas as minhas palavras. Eu ia começar a falar, mas emudeci.

– Sabe por que eu estou tão feliz? – disse ela. – Por que estou tão feliz em ver o senhor? Por que gosto tanto do senhor hoje?

– Por que...? – perguntei, com o coração tremendo.

– Eu gosto do senhor porque não se apaixonou por mim. Pois qualquer outro em seu lugar ficaria inquieto, iria me incomodar, resmungar, adoecer, mas o senhor é tão doce!

Nisso ela apertou-me a mão de tal maneira que eu quase chorei. Ela começou a rir.

– Meu Deus! Que amigo é o senhor! – disse ela, séria, depois de um minuto. – Foi Deus quem o enviou para mim! O que seria de mim se o senhor não estivesse agora comigo? Mas que altruísta! O senhor me quer tão bem! Quando eu me casar, nós seremos muito unidos, mais do que irmãos. Eu vou amá-lo quase tanto quanto a ele...

Comecei a me sentir terrivelmente triste nesse instante, no entanto, algo como um riso começou a agitar-se em minha alma.

– A senhorita está tendo um ataque – disse –, está acovardada. A senhorita acha que ele não virá.

– É um disparate! – respondeu ela. – Se eu estivesse um pouco menos feliz, decerto eu estaria chorando por sua incredulidade, por sua recriminação. Pensando bem, o senhor me conduziu a um pensamento que me fez pensar por muito tempo, mas decidirei depois. Agora reconheço que o senhor está dizendo a verdade. Sim! Perdi o juízo; eu estava cheia de expectativas e sentindo que tudo é fácil demais. Mas basta, deixemos os sentimentos!

Nesse momento, ouviram-se passos e na escuridão apareceu alguém que passava, que vinha em nossa direção. Ambos começamos a tremer, ela quase soltou um grito. Deixei cair a sua mão e fiz um gesto como se quisesse me afastar. Mas estávamos enganados: não era ele.

– Do que o senhor está com medo? Por que o senhor largou a minha mão? – disse ela, entregando-a mais uma vez. – O que foi isso? Vamos encontrá-lo juntos. Quero que ele veja o quanto amamos um ao outro.

– O quanto amamos um ao outro! – gritei.

"Oh Nástienka, Nástienka!" – pensei. "Quanto disseste com estas palavras! Por conta de um amor assim, Nástienka, em *certa* hora o coração torna-se frio e a alma pesada. Tua mão está fria, a minha está quente feito fogo. Como estás cega, Nástienka! Oh! Como alguém feliz pode ser insuportável em certos momentos! Mas eu não poderia me zangar com você!..."

Por fim, meu coração transbordou.

– Escute, Nástienka! – gritei. – Sabe o que houve comigo durante o dia de hoje?

– O quê? O que houve? Conte logo! O senhor até agora só permaneceu calado!

– Em primeiro lugar, Nástienka, depois que cumpri todas as suas incumbências, entreguei a carta, estive na casa dos seus bons conhecidos, depois... depois cheguei em casa e fui dormir.

– Apenas isso? – interrompeu ela, começando a rir.

– Sim, quase apenas isso – respondi a contragosto, porque em meus olhos já se acumulavam lágrimas estúpidas. – Acordei uma hora antes do nosso encontro, como se ainda não tivesse dormido. Não sei o que houve comigo. Eu estava vindo para lhe contar tudo isso, mas o tempo pareceu que havia parado para mim, como se uma sensação ou um sentimento desse tempo devesse permanecer para sempre em mim, como se um minuto devesse ter a duração de toda uma eternidade e a vida estivesse parada para mim... Quando acordei, uma melodia, conhecida há muito tempo, já antes ouvida, esquecida e apreciada em algum lugar, agora tocava em minha cabeça. Parecia que a vida toda ela já estava pronta em minha alma e só agora...

– Ah, meu Deus, meu Deus! – interrompeu Nástienka. – Como é que é? Eu não estou entendendo nem uma palavra.

– Ah, Nástienka! De algum jeito, eu queria lhe transmitir essa estranha impressão... – comecei com uma voz queixosa, na qual ainda se escondia uma esperança, embora muito remota.

– Basta, pare, basta! – ela começou a falar e em um instante compreendeu, marota!

De repente, ela se fez incrivelmente loquaz, alegre, travessa. Ela me pegou pela mão, rindo, queria que eu também risse e a cada palavra confusa que eu dizia, refletia nela uma risada tão sonora, tão longa... Comecei a me irritar. Então, ela começou a coquetear.

– Escute – começou ela –, pois estou um pouco desgostosa pelo senhor não ter se apaixonado por mim. Depois desse homem, aprenderei a lição! Mas mesmo assim, seu inflexível, o senhor não pode deixar de me elogiar por eu ser tão simples. Estou dizendo tudo ao senhor, tudo, não importa a bobagem que me passe pela cabeça.

– Ouça! São onze horas, não são? – disse eu, quando o som cadenciado do sino se pôs a repicar na distante torre citadina. Ela parou de repente, deixou de rir e começou a contar.

– Sim, onze horas – disse ela afinal, com uma voz tímida, indecisa.

Eu logo me senti arrependido por tê-la assustado, fazê-la contar as horas e amaldiçoei a mim mesmo pelo acesso de raiva. Fiquei triste por ela, não sabia como me redimir pela transgressão. Comecei a consolá-la, procurar motivos para a ausência dele, trazer diversos argumentos, evidências. Ninguém poderia ser mais facilmente iludido do que ela neste momento, apesar de que qualquer um, num momento desses, estaria disposto a escutar com alegria qualquer consolo que fosse e ficaria bastante contente se houvesse nem que fosse uma sombra de justificativa.

– É engraçado – comecei, cada vez mais excitado e admirado com a extraordinária clareza das minhas demonstrações – que ele não possa ter vindo. A senhorita me enganou e cativou, Nástienka, que até perdi a conta do tempo... Apenas pense: ele mal pôde receber a carta. Supondo que não seja possível ele vir, supondo que ele vá responder, de qualquer modo a carta só chegará amanhã, senão depois. Amanhã irei atrás dele ao amanhecer e dar-lhe-ei notícias imediatamente. Suponha, finalmente, mil possibilidades: ele poderia não estar em casa quando chegou a carta e pode ser que até agora não a tenha lido? Afinal, tudo pode acontecer.

– Sim, sim! – respondeu Nástienka. – Eu não havia pensado nisso. Claro, tudo pode acontecer – continuou ela com a mais complacente voz, mas na qual, feito uma dissonância enfadada, podia-se ouvir um outro distante pensamento. – Eis o que o senhor fará – continuou ela –, o senhor vá amanhã, o mais cedo possível e, caso saiba de algo, me avise imediatamente. Aliás, o senhor sabe onde moro? – e ela começou a repetir-me seu endereço.

Depois, de repente, ela se tornou tão meiga, tão tímida comigo... Ela parecia escutar atentamente o que eu lhe dizia. Mas quando eu me dirigia a ela com alguma pergunta, ela mantinha-se calada, ficava perturbada e virava a cabeça para outro lado. Espiei-a nos olhos e era isso: ela chorava.

– Mas como pode? Como pode? Ah, que criança é a senhorita! Que infantilidade! Basta!

Ela tentou sorrir, acalmar-se, mas seu queixo tremia e o peito ainda arfava.

– Eu penso no senhor – disse-me ela, após um minuto de silêncio –, o senhor é tão gentil que somente se eu fosse de pedra, não sentiria isso... Sabe o que me veio à mente agora? Eu compararei ambos os senhores. Por que ele e não o senhor? Por que ele não é assim, como o senhor? Ele é pior do que o senhor, embora eu o ame mais do que o senhor.

Eu não respondi nada. Ela parecia estar esperando que eu dissesse algo.

– É claro, é possível que eu ainda não o entenda completamente, que eu não o conheça totalmente. Sabe, é como se eu sempre tivesse medo dele, ele sempre foi tão sério, como se fosse muito orgulhoso. Claro, eu sei que ele apenas tem essa aparência, mas há mais ternura em seu coração do que no meu... Lembro-me de como ele me olhou quando cheguei à sua porta com a trouxa de roupas, lembra-se? Apesar de tudo, eu o respeito em demasia, talvez porque sejamos desiguais?

– Não, Nástienka, não – respondi –, isso significa que a senhorita o ama mais do que tudo no mundo, e muito mais do que a si mesma.

– Sim, supomos que sim – respondeu a ingênua Nástienka –, mas sabe o que agora me veio à mente? Eu agora não vou mais falar nele, nada em absoluto. Já há tempos que tudo isso me vem à mente. Escute, por que nós todos não somos como são os irmãos com irmãos? Com que fim a melhor das pessoas sempre age como se escondesse algo da outra e cala a respeito? Por que não dizer diretamente o que há no coração, já que sabes não estar dizendo palavras ao vento? Assim qualquer um pode parecer mais severo do que realmente é, como se temesse ofender os próprios sentimentos, quando muito em breve fosse manifestá-los...

– Ah, Nástienka! A senhorita diz a verdade, mas isso acontece por muitas razões – interrompi eu, que nunca estivera tão envergonhado dos meus sentimentos.

– Não, não! – respondeu ela com um sentimento profundo. – O senhor, por exemplo, não é como os outros! De verdade, não sei como lhe contar o que sinto. Mas parece-me que o senhor, por exemplo... pelo menos agora... parece-me que o senhor sacrifica algo por mim – complementou ela timidamente, dando-me uma rápida olhada. – O senhor me desculpe por estar lhe falando assim, afinal, eu sou uma moça simples, ainda pouco vi do mundo e, de verdade, às vezes não sei falar – completou ela, com voz trêmula por algum sentimento guardado e, ao mesmo tempo, tentando sorrir –, mas eu apenas queria dizer-lhe que sou agradecida, por eu também sentir tudo isso... Oh, que Deus lhe dê felicidade por isso! Aquilo que o senhor tanto me contou do seu sonhador é uma mentira completa, ou seja, eu quero dizer que não condiz em nada com o senhor. O senhor está se curando, o senhor, de verdade, é completamente diferente da pessoa que descreveu. Se um dia o senhor amar, então que Deus lhe dê felicidade junto dela! A ela eu não desejo nada, pois será feliz com o senhor. Eu sei, eu mesma sou mulher e o senhor deve acreditar em mim, se assim lhe digo...

Ela se calou e me apertou forte a mão. Eu também não conseguia dizer nada de inquietação. Passaram-se alguns minutos.

– Sim, é evidente que hoje ele não virá! – disse ela, finalmente, erguendo a cabeça. – Está tarde!

– Ele virá amanhã – disse eu, com a mais convincente e firme voz.

– Sim – acrescentou ela, animando-se –, eu mesma agora vejo que ele virá apenas amanhã. Bem, então adeus! Até amanhã! Se chover, pode ser que eu não venha. Mas depois de amanhã eu virei, com certeza virei, seja o que me acontecer. Esteja aqui, sem falta. Eu quero vê-lo, vou contar-lhe tudo.

E depois, quando nos despedíamos, ela me deu a mão e disse olhando distintamente para mim:

– Agora estaremos juntos para sempre, não é?

Oh! Nástienka, Nástienka! Se você soubesse da solidão em que me encontro agora!

Quando bateram as nove horas, eu não podia permanecer no quarto, vesti-me e saí, apesar do mau tempo. Eu estava lá, sentado em nosso banco. Eu estava indo para a viela dela, mas me senti envergonhado e retornei, sem nem olhar para suas janelas, sem nem dar dois passos até sua casa. Cheguei em casa numa melancolia que nunca sentira antes. Que tempo úmido e tedioso! Se estivesse um tempo bom, eu passearia por lá a noite toda...

Mas até amanhã, até amanhã! Amanhã ela me contará tudo.

Apesar de que hoje não houve carta. Mas, por outro lado, é assim que deveria ser. Eles já estão juntos...

Quarta Noite

Meu Deus, como é que tudo isso terminou? Está tudo acabado! Eu cheguei às nove horas. Ela já estava lá. Ainda de longe eu a havia notado. Ela estava em pé, como na primeira vez, apoiando-se ao corrimão do canal e não ouvia como me aproximava dela.

– Nástienka! – chamei-a, esforçando-me para suprimir a minha inquietação.

Rapidamente, ela se voltou para mim.

– Bem! – disse ela. – Mais rápido!

Eu olhei para ela com perplexidade.

– E então, onde está a carta? O senhor trouxe a carta? – repetiu ela, agarrando-se ao corrimão.

– Não, eu não estou com a carta – disse eu, finalmente –, ele ainda não chegou?

Ela ficou terrivelmente pálida e por um bom tempo ficou a me olhar imóvel. Eu despedaçara a sua última esperança.

– Bem, que seja! – disse ela, finalmente, com uma voz entrecortada. – Pouco importa, se ele está me deixando.

Ela baixou os olhos, depois quis olhar para mim, mas não conseguia. Ainda por alguns minutos, ela dominou a sua inquietação, mas de repente virou-se, apoiando-se na balaustrada do canal, e desfez-se em lágrimas.

– Já basta, chega! – comecei a dizer, mas careciam forças para continuar. E o que eu poderia dizer olhando para ela?

– Não me console – disse ela chorando –, não fale sobre ele, não fale que ele virá, que ele não me largou de modo tão cruel, tão desumana, como ele fez agora. Por quê? Por quê? Será que foi alguma coisa em minha carta, naquela carta infeliz?

Então os soluços embargaram sua voz. Meu coração despedaçou-se ao olhá-la.

– Oh, que desumano e cruel! – começou ela, novamente. – E nem uma linha, nem uma linha! Se ao menos respondesse que não precisa de mim, que está me rejeitando. Mas nem uma única linha em três dias! Como é fácil para ele ofender, ultrajar uma pobre, indefesa moça, cuja culpa é amá-lo! Oh, quanto eu tive de suportar nesses três dias! Meu Deus, meu Deus! Lembro-me bem como cheguei eu mesma até ele pela primeira vez, como me humilhei, chorei diante dele, como lhe implorei por ao menos uma gota de seu amor... E depois disso...! Escute – disse ela, dirigindo-se a mim, com seus olhinhos negros brilhando –, isso não é correto! Não pode ser assim; não é natural! Ou eu e o senhor nos enganamos, pode ser que ele não tenha recebido a carta? Pode ser que ele ainda não saiba de nada? Como pôde, julgue por si mesmo, diga-me, pelo amor de Deus, explique-me, eu não consigo entender, como ele pôde agir de maneira tão grosseira e bárbara comigo? Nem uma palavra! Até do último sujeito deste mundo teriam mais compaixão. Pode ser que ele tenha ouvido alguma coisa, talvez alguém tenha feito calúnia a meu respeito? – gritou ela, voltando-se para mim com uma pergunta. – O que o senhor acha?

– Ouça, Nástienka, eu irei amanhã até ele em seu nome.

– Está bem!
– Eu lhe perguntarei e contarei tudo.
– Certo, certo!
– A senhorita escreva uma carta. Não diga não, Nástienka, não diga não! Farei com que ele considere o ato da senhorita, ele reconhecerá tudo e caso...
– Não, meu amigo, não – interrompeu ela –, é o bastante! Nem mais uma palavra, nem mais uma palavra minha; é o bastante! Eu não o conheço, eu não o amo mais, eu vou es... que... cê-lo...
Ela não cedia.
– Acalme-se, acalme-se! Sente-se aqui, Nástienka – disse eu, dirigindo-a ao banco.
– Eu estou calma. Já basta! Assim é! Estas lágrimas secarão! O que o senhor pensa, estarei eu arruinada, afogada?
O meu coração estava cheio. Eu queria falar, mas não conseguia.
– Ouça! – continuou ela, pegando-me pela mão. – Diga-me: o senhor não faria isso? O senhor não largaria aquela que veio por iniciativa própria até o senhor? O senhor não lançaria aos olhos dela troças descaradas a respeito de seu coração fraco e estúpido? O senhor cuidaria dela? O senhor imaginaria que ela era sozinha, que ela não sabia velar por si mesma, que ela não sabia proteger-se do amor pelo senhor, que ela não era culpada, que ela, enfim, não é culpada... que ela não fez nada? Oh, meu Deus, meu Deus...
– Nástienka! – finalmente gritei, sem forças para vencer minha agitação. – Nástienka! A senhorita está me torturando! Está ferindo meu coração, está me matando, Nástienka! Eu não posso permanecer calado! Eu devo finalmente dizer, expressar o que tenho acumulado em meu coração...

Dizendo isso, me soergui do banco. Ela me pegou pela mão e olhava-me com espanto.

– O que há com o senhor? – disse ela, finalmente.

– Ouça! – disse com firmeza. – Ouça-me, Nástienka! O que direi agora, é tudo absurdo, quimérico, bobagem! Eu sei que isso não tem como acontecer nunca, mas não posso ficar calado. Em nome de seu sofrimento, de antemão lhe suplico, perdoe-me!

– Certo, o quê? O quê? – disse ela, deixando de chorar e me olhando fixamente, enquanto uma estranha curiosidade brilhava em seus olhinhos surpresos. – O que há com o senhor?

– Isso é irrealizável, mas eu a amo, Nástienka! É isso! Bem, agora tudo está dito! – disse eu, acenando com a mão. – Agora a senhorita verá se pode falar assim comigo, como falou agora há pouco, se pode, finalmente, ouvir o que eu vou lhe dizer...

– Bem, o que, o que é? – interrompeu Nástienka. – O que há? Bem, há muito tempo sei que me ama, mas apenas me parecia que o senhor me amava, assim, sem pretensões... Ah, meu Deus, meu Deus!

– Antes era simples, Nástienka, mas agora, agora... Estou exatamente como a senhorita estava quando chegou à porta dele com sua trouxa de roupas. Pior do que a senhorita, Nástienka, porque naquele momento ele não amava ninguém, já a senhorita ama.

– O que é isso que o senhor está me dizendo? Eu não estou entendendo o senhor. Mas escute, para que então, quer dizer, para que não, mas por que o senhor assim, tão de repente... Meu Deus! Estou falando bobagem! Mas o senhor...

E Nástienka ficou totalmente confusa. Suas bochechas queimavam; ela baixou os olhos.

– O que fazer, Nástienka, o que me resta fazer? Eu sou culpado, me servi do mal... Mas não, não, eu não sou culpado, Nástienka. Eu estou ouvindo e sentindo isso, pois meu coração está a me dizer que estou certo, porque não há como eu machucá-la, ofendê-la! Eu era seu amigo. E ainda agora sou. Eu não a traí em nada. Agora minhas lágrimas estão correndo, Nástienka. Deixe que corram, deixe que corram, elas não incomodam ninguém. Elas secarão, Nástienka...

– Vamos, sente-se, sente-se – disse ela, me convidando a sentar no banco. – Oh, meu Deus!

– Não! Nástienka, não vou me sentar. Já não posso mais ficar aqui, a senhorita já não pode mais me ver. Direi tudo e partirei. Eu só quero dizer que a senhorita nunca tomaria conhecimento do meu amor. Eu guardaria meu segredo. Eu não me colocaria a torturá-la com o meu egoísmo neste instante. Não! Mas agora não pude suportar, a senhorita mesma começou a falar nisso, a senhorita é culpada, a senhorita é culpada por tudo, eu não sou culpado. A senhorita não pode me dispensar...

– Claro que não, não, não estou dispensando o senhor, não! – disse Nástienka, escondendo como podia seu embaraço, pobrezinha.

– A senhorita não está me dispensando? Não! Mas queria eu mesmo correr da senhorita. E vou embora, mas antes direi tudo, pois enquanto a senhorita estava aqui falando, não era possível permanecer sentado, enquanto a senhorita estava aqui chorando, enquanto a senhorita estava atormentada pelo... bem, pelo... (eu chamarei assim, Nástienka), pelo fato de a terem rejeitado, por terem rechaçado seu amor, eu senti, eu ouvi que, em meu coração havia tanto amor para a senhorita, Nástienka, tanto amor! E me senti tão amargurado por não poder ajudá-la com esse amor... que meu coração se partiu e eu, eu não podia me deixar calar, eu precisava dizer, Nástienka, eu precisava dizer!

– Sim, sim! Diga-me, fale comigo desse modo! – disse Nástienka com um movimento inefável. – Pode ser que lhe seja estranho eu estar falando assim, mas... Fale! Depois lhe direi! Eu lhe contarei tudo!

– A senhorita tem pena de mim, Nástienka, apenas tem pena, minha amiguinha! O que se perdeu está perdido! O que foi dito não pode ser desfeito! Não é assim? Bem, agora a senhorita já sabe de tudo. Bem, este é o ponto de partida. Certo, está bem! Agora tudo está maravilhoso. Apenas escute-me. Enquanto a senhorita chorava sentada, eu pensava comigo mesmo (oh, deixe-me dizer o que eu pensava!), eu pensava que (bem, mas é claro, assim não pode ser, Nástienka), eu pensava que a senhorita... eu pensava que a senhorita, de alguma maneira, lá... bem, de alguma maneira completamente estranha, a senhorita não o amasse mais. Então (eu já pensava nisso tanto ontem, quanto no terceiro dia, Nástienka), então eu faria assim: sem falta, eu faria com que a senhorita me amasse: afinal, a senhorita dizia, a senhorita mesma dizia, Nástienka, que estava quase me amando por completo. Certo, e o que mais? Bem, aqui está quase tudo o que eu queria dizer. Resta apenas dizer o que seria se a senhorita me amasse, apenas isso, nada mais! Escute-me, minha amiga (pois a senhorita, ainda assim, é minha amiga), eu, claro, sou um homem simples, pobre, tão insignificante, mas isso não vem ao caso (se falo de maneira imprecisa, é de embaraço, Nástienka), e somente eu a amaria tanto assim, mas tanto que ainda que a senhorita o amasse e continuasse a amá--lo, aquele que eu não conheço, a senhorita não notaria que o meu amor é um pesar para a senhorita. A senhorita apenas ouviria, apenas sentiria a todo momento que ao seu lado bate um coração, um coração agradecido, um coração quente, que pela senhorita... Oh, Nástienka, Nástienka! O que a senhorita fez comigo?

– Não chore, eu não quero que o senhor chore – disse Nástienka, levantando-se rapidamente do banco –, vamos, levante-se, vamos comigo, não chore, não chore – disse ela, enxugando minhas lágrimas com o seu lenço –, bem, vamos agora. Pode ser que eu lhe diga algo... Sim, uma vez que agora ele me deixou, me esqueceu, embora eu ainda o ame (não quero enganá-lo)... Mas, escute, responda-me. Se eu, por exemplo, amasse o senhor, ou seja, caso eu apenas... Oh, meu amigo, meu amigo! Como eu podia pensar, como podia pensar que eu lhe ofendia quando ria do seu amor, quando o elogiava por não ter se apaixonado! Oh, Deus! Como pude deixar de antever, como não antevi, como pude ser tão boba, mas... bem, é isso, eu decidi, direi tudo...

– Escute-me, Nástienka, sabe o quê? Eu vou embora, pronto! Só estou atormentando-a. A senhorita está com remorso por ter debochado, mas eu não quero, sim, não quero que a senhorita, exceto pela sua mágoa... Eu, claro, sou o culpado, Nástienka, mas adeus!

– Pare, escute-me até o final: o senhor pode esperar?

– Esperar o quê? Como?

– Eu o amo, mas isso passará, isso deve passar, isso não pode deixar de passar; já está passando, eu posso sentir... Sabe-se lá, mas pode ser que hoje mesmo acabe, pois eu o odeio, porque ele fez pouco caso de mim, enquanto o senhor chorava aqui comigo, por algum motivo o senhor não me rejeitaria, como ele fez, porque o senhor ama, já ele não me amava, porque eu mesma, enfim, amo o senhor... Sim, amo! Amo, assim como o senhor me ama. Afinal, eu mesma o disse antes do senhor, o senhor mesmo ouviu. Amo o senhor porque é melhor do que ele, porque o senhor é mais nobre do que ele, porque... porque ele...

A agitação da pobrezinha era tão forte que não pôde terminar, colocou sua cabeça em meu ombro, depois sobre o peito e pôs-se a chorar amargamente. Eu tentei alegrá-la, tranquilizá-la, mas ela não conseguia parar. Ela apertava minha mão e dizia em meio aos soluços: "Espere, espere. Agora vou parar! Eu quero lhe dizer... o senhor não pense que estas lágrimas são de fraqueza, espere até passar...". Finalmente ela parou, enxugou as lágrimas e nós continuamos. Eu queria falar, mas ela por um bom tempo ainda me pedia para esperar. Ficamos em silêncio... Finalmente ela tomou coragem e começou a falar...

– Bem – começou ela com uma voz trêmula e fraca, mas da qual, de repente, tilintou algo que se cravou diretamente em meu coração e choramingava de forma doce dentro dele –, não pense que sou assim inconstante e leviana, não pense que eu posso assim tão rápida e facilmente esquecer e trair... Eu o amei durante um ano inteiro e juro por Deus que nunca, nem mesmo em pensamento, nunca lhe fui desleal. Ele desdenhou. Ele fez pouco caso de mim. Que ele fique com Deus! Mas ele me feriu e ofendeu meu coração. Eu, eu não o amo, porque só posso amar aquilo que seja generoso, que me entenda, que seja nobre. Porque eu mesma sou assim, e ele não é digno de mim. Bem, que fique com Deus! Ele fez melhor, melhor do que eu faria quando me visse enganada pelas minhas expectativas ao tomar conhecimento sobre quem ele realmente era... Bem, está acabado! Mas quem sabe, meu querido amigo – continuou apertando-me a mão –, quem sabe, talvez todo o meu amor tenha sido uma quimera de sentimentos e da imaginação, talvez tenha começado como uma brincadeira, uma tolice, uma vez que eu estava sob a vigília de vovó. Talvez eu devesse amar outro e não ele, não um homem desse, mas outro, que sinta pena de mim e, e... Bem, deixemos isso – interrompeu Nástienka, sufocando de agitação –, eu queria apenas dizer-lhe... eu queria dizer-lhe que se, apesar de eu amá-lo (não, amava-o), se, apesar disso, o senhor ainda disser... Se o senhor sente que o seu amor é tão grandioso, que pode desalojar de uma vez por todas o antigo amor do meu coração... Se o senhor quiser se apiedar de mim, se o senhor não quiser abandonar-me à própria sorte, sem consolo, sem esperança, se o senhor quiser sempre me amar, como me ama agora, então juro-lhe que o agradecimento... que o meu amor será finalmente digno do seu... O senhor pode pegar a minha mão agora?

– Nástienka – gritei, sufocado de soluçar –, Nástienka! Oh, Nástienka!

– Bem, é suficiente, é suficiente! Agora é totalmente suficiente! – disse ela, mal podendo dominar-se. – Bem, agora tudo já foi dito, não é verdade? Então? Bem, o senhor está feliz, eu estou feliz. Mais nenhuma palavra sobre isso. Espere, poupe-me... Fale sobre qualquer outra coisa, pelo amor de Deus!

– Sim, Nástienka, sim! Já basta disso, agora eu estou feliz, eu... Bem, Nástienka, bem, falemos de outra coisa, rápido, vamos, mais rápido. Sim! Estou pronto...

E não sabíamos o que dizer, nós ríamos, chorávamos, falávamos mil palavras desconexas e sem sentido; ora andávamos pela calçada, ora retornávamos e atravessávamos a rua. Depois parávamos e outra vez atravessávamos para a margem do canal. Parecíamos crianças...

– Agora eu vivo sozinho, Nástienka – disse eu – e amanhã... Bem, claro, eu... sabe, Nástienka, sou pobre, tudo que tenho são mil e duzentos, mas isso não é nada...

— Claro que não, mas a vovó tem uma pensão. Ela não irá nos incomodar. Precisamos levar a vovó.

— Claro, precisamos levá-la... Ainda há Matriona...

— Ah, e conosco há Fiókla!

— Matriona é boa, mas há um defeito: ela não tem nenhuma imaginação, Nástienka, absolutamente nenhuma criatividade, mas isso é o de menos!

— Pouco importa, elas duas podem viver juntas. Então amanhã podem fazer a mudança para a nossa casa.

— Como assim? Para a sua casa? Está bem, estou pronto...

— Sim, vocês alugarão conosco. Na parte de cima, temos um mezanino. Ele está vazio. Antes vivia uma velhinha fidalga, ela se mudou, mas a vovó eu sei que ela quer ocupar o lugar com alguém jovem. Eu digo: "Para que um jovem?". E ela diz: "Pois já sou velha, mas não pense, Nástienka, que eu quero lhe arrumar casamento com ele". Eu imaginei que fosse para...

— Ah, Nástienka!

E ambos começamos a rir.

— Bem, já basta, já basta. E onde o senhor mora? Eu me esqueci.

— Ali, perto da ponte, na casa de Barannikov.

— É aquela casa grande?

— Sim, aquela casa grande.

— Ah, conheço, uma boa casa. Mas sabe, saia de lá e mude-se conosco o mais breve...

— Amanhã então, Nástienka, amanhã; eu ainda devo um tanto pelo quarto, mas não é nada... Em breve receberei o ordenado...

— Sabe, pode ser que eu vá dar aulas. Eu mesma vou me instruir e darei aulas...

— Isso é ótimo... e eu logo receberei uma gratificação, Nástienka.

— Então amanhã o senhor será o meu inquilino...

– Sim, e nós iremos ver *O barbeiro de Sevilha*, porque ele logo estará outra vez em cartaz.

– Sim, iremos – disse Nástienka, rindo –, não, melhor ouvirmos outra coisa, não *O barbeiro*...

– Certo, está bem, outra coisa. Claro, assim será melhor, eu não havia pensado...

Dizendo isso, nós andávamos como se estivéssemos inebriados num nevoeiro, como se nós mesmos não soubéssemos o que fazer conosco. Ora parávamos e conversávamos um bom tempo no mesmo lugar, ora nos colocávamos a caminhar e íamos Deus sabe aonde e outra vez risos, outra vez lágrimas... Então Nástienka, de repente, quis ir para casa, eu não me permiti impedi-la e quis acompanhá-la até a porta. Seguíamos pelo caminho e, de repente, em um quarto de hora, nos encontrávamos na margem ao lado do nosso banco. Ela suspirava e outra vez uma lagrimazinha surgia em seus olhos. Fiquei acovardado, comecei a ficar gelado... Mas ela ainda apertava minha mão e puxava-me outra vez para andar, tagarelar, conversar...

– Agora é hora, é hora de ir para casa. Penso já estar muito tarde – disse Nástienka por fim –, basta de criancices!

– Sim, Nástienka, mas agora já não conseguirei pegar no sono. Para casa eu não vou.

– Parece que eu também não pegarei no sono. O senhor apenas acompanhe-me...

– Sem falta!

– Mas agora iremos até a porta do quarto.

– Necessariamente, necessariamente...

– Dá sua palavra? Pois em algum momento será preciso voltar para casa!

– Dou minha palavra – respondi rindo...

– Então vamos!

– Vamos.

– Olhe para o céu, Nástienka, olhe! Amanhã será um dia maravilhoso. Que céu azul celeste, que lua! Veja: essa nuvem amarela está cobrindo-a, veja, veja...! Não, só passou. Mas olhe, olhe!

Mas Nástienka não olhava para a nuvem, estava em silêncio, parada e pregada ao chão. Depois de um minuto, ela começou, um pouco tímida, a se achegar junto de mim. Sua mão começou a tremer na minha. Dei-lhe uma olhada... Ela se escorava em mim ainda mais forte.

Nesse momento, passou por nós um rapaz. Ele parou de repente, nos olhou fixamente e depois deu mais alguns passos. Meu coração começou a tremer...

– Nástienka – disse eu a meia voz –, quem é, Nástienka?

– É ele! – respondeu ela em voz baixa, achegando-se ainda mais perto e mais agitada... Eu mal podia manter-me em pé.

– Nástienka! Nástienka! És tu! – ouviu-se uma voz atrás de nós e, naquele mesmo momento, o rapaz deu alguns passos em nossa direção...

Deus, que grito! Como ela se sobressaltou! Imediatamente livrou-se dos meus braços e borboleteou ao encontro dele! Eu estava em pé e olhava para eles, mortificado. Mas ela mal deu-lhe a mão, mal se lançou em seu abraço, de repente, voltou-se para mim e, feito vento, como um raio, veio parar a meu lado e, antes que eu pudesse recobrar os sentidos, envolveu seus braços em meu pescoço e beijou-me com firmeza, calorosamente. Então, sem dizer-me palavra alguma, lançou-se novamente a ele, pegou-lhe pelas mãos e puxou-lhe para que a seguisse.

Permaneci ali, em pé, por um bom tempo seguindo-os com os olhos... Até que ambos desapareceram da minha vista.

Manhã

Minhas noites terminaram pela manhã. O dia não estava bom. Chovia e a chuva batia desanimada nas vidraças. O quarto estava escuro, o pátio estava sombrio. Minha cabeça doía e girava, uma febre sorrateira se instalava nos meus membros.

– Carta para ti, paizinho, o carteiro do correio da cidade que a trouxe – proferiu Matriona por cima de mim.

– Carta! De quem? – gritei eu, saltando da cadeira.

– Isso eu não sei, paizinho, vê, pode ser que esteja escrito de quem é.

Eu rompi o selo. Era dela!

"Oh, me perdoe, me perdoe!", escrevia-me Nástienka. "Imploro-lhe de joelhos, me perdoe! Eu enganei tanto o senhor quanto a mim. Foi um sonho, uma visão... Hoje estou sofrendo por você. Perdoe-me, perdoe-me!

Não me acuse, pois não mudei em nada diante do senhor. Eu disse que iria amá-lo e agora ainda o amo, mais do que amo. Oh, Deus! Se eu pudesse amar os dois ao mesmo tempo. Oh, se o senhor fosse ele!"

"Oh, se ele fosse o senhor!" – passou pela minha cabeça. Lembrei-me de suas palavras, Nástienka!

"Deus está vendo o que agora eu faria pelo senhor! Eu sei que está sendo difícil e triste para o senhor. Eu lhe ofendi, mas o senhor sabe, quem ama, da ofensa sequer se lembra. E o senhor me ama!

Agradeço! Sim! Agradeço por esse amor. Porque na minha memória ele está estampado, feito um sonho doce, do qual ainda se lembra após despertar. Porque eternamente me lembrarei do instante em que o senhor, como a um irmão, abriu-me seu coração e tão generoso acolheu o meu, despedaçado, para cuidá-lo, mimá-lo, curá-lo... Se o senhor me perdoar, então a minha lembrança do senhor estará elevada tal qual o eterno sentimento de gratidão que lhe devo, que nunca se apagará da minha alma... Guardarei essa lembrança, serei leal a ela, não a trairei, não trairei meu coração: ele está bastante estável. Ainda ontem tão rápido ele voltou para aquele a quem sempre pertenceu.

Nós nos encontraremos, o senhor venha nos visitar, não nos abandone, o senhor será para sempre meu amigo, meu irmão... E quando o senhor me vir, dê-me a sua mão... sim? O senhor dê-me sua mão, o senhor me perdoou, não é verdade? O senhor me ama *como antes?*

Oh, me ame, não me deixe, pois eu o amo tanto neste momento, pois sou digna do seu amor, mereço este amor... meu querido amigo! Na próxima semana, eu me casarei com ele. Ele retornou apaixonado, nunca se esqueceu de mim... O senhor não se zangue por eu escrever a respeito dele. Mas eu quero ir visitá-lo junto com ele. O senhor vai adorá-lo, não é verdade?

Perdoe-nos, lembre-se e ame a sua

Nástienka."

Reli essa carta demoradamente, as lágrimas estavam prontas a sair dos meus olhos. Por fim a carta caiu de minhas mãos e cobri o rosto.

– Benzinho! Ah, benzinho! – começou Matriona.

– O quê, velha?

– A teia de aranha, eu tirei todinha do teto. Agora ao menos pode casar-se, ou reunir as visitas, agora é o momento...

Olhei para Matriona... Ela era uma velha vigorosa, *jovem*, mas eu não sei por que, de repente, ela me pareceu estar com um olhar apagado, com rugas pelo rosto, corcunda, decrépita... Não sei por que, de repente, me pareceu que meu quarto envelhecera tanto quanto a velha. As paredes e o chão tornaram-se foscos, as teias de aranha ficaram ainda maiores. Não sei por que, mas quando olhei pela janela, me pareceu que a casa, que ficava em frente, também por sua vez tornara-se decrépita e fosca, o gesso nas colunas estava descascado e caído, as cornijas escurecidas, rachadas e as paredes, de um brilhante amarelo escuro, manchadas...

Seria um raio de sol que subitamente surgira de trás de uma nuvem e voltou a se esconder sob uma nuvem e pelos meus olhos tudo ofuscou-se novamente. Ou podia ser que toda minha perspectiva de futuro fria e tristemente faiscara à minha frente e me vi como estou agora daqui exatos quinze anos: envelhecido, no mesmo quarto, ainda solitário, com a mesma Matriona, que não se tornou nem um pouco mais inteligente em todos esses anos.

Mas para que recordar meu ressentimento, Nástienka! Para que eu introduza uma escura nuvem na tua clara e plácida felicidade, para que eu, após uma amarga reprimenda, incute a angústia em teu coração e fira-o com meu remorso oculto e o faça bater melancólico em um minuto de plenitude, para que eu esmague ao menos uma dessas delicadas flores que tu trançaste em teus cachos negros, quando foste com ele ao altar... Oh, nunca, nunca! Teu céu será claro, teu doce sorriso plácido e repleto de luz e tu serás abençoada por um momento de plenitude e felicidade que você deu a outro solitário e agradecido coração!

Meu Deus! Um minuto inteiro de plenitude! Será pouco para toda uma vida humana?